菊英的出嫁

王鲁彦 著

泰山出版社·济南

图书在版编目（CIP）数据

菊英的出嫁 / 王鲁彦著. -- 济南：泰山出版社，2024. 10. --（中国近现代名家短篇小说精选）.
ISBN 978-7-5519-0906-8

Ⅰ. I246.7

中国国家版本馆CIP数据核字第2024JL2332号

JUYING DE CHUJIA

菊英的出嫁

责任编辑 池 骋
装帧设计 路渊源

出版发行 泰山出版社
    社   址 济南市泺源大街2号 邮编 250014
    电   话 综 合 部（0531）82023579 82022566
         出版业务部（0531）82025510 82020455
    网   址 www.tscbs.com
    电子信箱 tscbs@sohu.com
印   刷 山东通达印刷有限公司
成品尺寸 140 mm×210 mm 32开
印   张 6
字   数 120千字
版   次 2024年11月第1版
印   次 2024年11月第1次印刷
标准书号 ISBN 978-7-5519-0906-8
定   价 32.00元

凡 例

一、本书收录了作者的经典短篇小说，主要展现了作者的思想情感、审美取向与价值观念，以及当时的时代风貌等。

二、将作品改为简体横排，以适应当代的阅读习惯。原文存在标点不明、段落不分等不便于阅读之处，编者酌情予以调整。

三、作品尽量依照原作，以保持原作风格及其时代韵味，同时根据需要，对原文进行了适当的删减和订正。

四、对有些当时惯用的文字，如"的""地""得""作""做""哪""那""化钱""记帐"等，仍多遵照旧用。

目 录

秋夜　001

柚子　015

许是不至于罢　027

菊英的出嫁　045

黄金　060

毒药　086

一个危险的人物　104

阿长贼骨头　127

秋　夜

"醒醒罢，醒醒罢。"有谁敲着我的纸窗似的说。

"呵，呵——谁呀？"我朦胧的问，揉一揉睡眼。

黑沈沈的看不见一点什么，从帐中望出去。也没有人回答我，也没别的声音。

"梦罢？"我猜想，转过身来，昏昏的睡去了。

不断的犬吠声，把我惊醒了。我闭着眼仔细的听，知道是邻家赵冰雪先生的小犬——阿乌和来法。声音很可怕，仿佛凄凉的哭着，中间还隔着些呜咽声。我睁开眼，帐顶映得亮晶晶。隔着帐子一望，满室都是白光。我轻轻的坐起来，掀开帐子，看见月光透过了玻璃，照在桌上，椅上，书架上，壁上。

那声音渐渐的近了，仿佛从远处树林中向赵家而来，其中似还夹杂些叫喊声。我惊异起来，下了床，开开窗子一望，天上满布了闪闪的星，一轮明月浮在偏南的星间，月光射在我的脸上，我感着一种清爽，便张开口，吞了几口，犬吠声渐渐的急了。凄惨的叫声，时时间断了呻吟声，听那声音似乎不止一人。

"请救我们被害的人……我们是从战地来的……我们的家屋都被凶恶者占去了，我们的财产也被他们抢夺尽了……我们的父母兄弟姊妹多被他们杀害尽了……"惨叫声突然高了起来。

仿佛有谁泼了一盆冷水向我的颈上似的，我全身起了一阵寒战。

"吞下去的月光作怪罢？"我想。转过身来，向衣架上取下一件夹袍，披在身上。复搬过一把椅子，背着月光坐下。

"请救我们没有父母的人，请救我们无家可归的人！……"叫声更高了。有老人、青年、妇女、小孩的声音。似乎将到村头赵家了。犬吠得更利害，已不是起始的悲哭声，是一种凶暴的怒恨声了。

我忍不住了，心突突的跳着。站起来，扣了衣服，开了门，往外走去。忽然，又是一阵寒战。我看看月下的梧桐，起了恐怖。走回来，从枕头底下拿出一支手枪，复披上一件大衣，倒锁了门，小心的往村头走去。

梧桐岸然的站着。一路走去，只见地上这边一个长的影，那边一个大的影。草上的露珠，闪闪的如眼珠一般，到处都是。四面一望，看不见一个人，只有一个影子伴着我孤独者。"今夜有许多人伴我过夜了。"我走着想，叹了一口气。

奇怪，我愈往前走，那声音愈低了，起初还听得出叫声，这时反而模糊了。"难道失望的回去了吗？"我连忙往前跑去。

突突的脚步声，在静寂中忽然在我的后面跟来，我骇了一跳，回头一看，什么也没有。

"谁呀？"我大声的问。预备好了手枪，收住脚步，四面细看。

突突的声音忽然停止了，只有对面楼屋中回答我一声："谁呀？"

"呵，弱者！"我自己嘲笑自己说，不觉微笑了。"这样的胆怯，还能救人吗？"我放开脚步，复往前跑去。

静寂中听不见什么，只有自己突突的脚步声。这时我要追的声音，几乎听不见了。

"不要失望，不要失望，困苦者！我便是你们的兄弟，我的家便是你们的家！请回转来，请回转来！"我急得大声的喊了。

"不要失望,不要失望,困苦者!我便是你们的兄弟,我的家便是你们的家!请回转来,请回转来!"四面八方都跟着我喊了一遍。

静寂,静寂,四面八方都是静寂,失望者没有回答我,失望者听不见我的喊声。

失望和痛苦攻上我的心来,我眼泪簌簌的落下来了。

我失望的往前跑,我失望的希望着。

"呵,呵,失望者的呼声已这样的远了,已这样的低微了!……"我失望的想,恨不得多生两只脚拚命跑去。

呼的一声,从草堆中出来一只狗,扑过来咬住我的大衣。我吃了一惊,站住左脚,飞起右脚,往后踢去。它却抛了大衣,向我右脚扑来。幸而缩得快,往前一跃,飞也似的跑走了。

喽喽的叫着,狗从后面追来。我拿出手枪,回过身来,砰的一枪,没有中着,它的来势更凶了。砰的第二枪,似乎中在它的尾上,它跳了一跳,倒地了。然而叫得更凶了。

我忽然抬起头来,往前面一望,呼呼的来了三四只狗。往后一望,又来了无数的狗,都凶恶的叫着。我知道不妙,欲向原路跑回去,原路上正有许多狗冲过来,不得已向左边荒田中乱跑。

我是什么也不顾了,只是拚命的往前跑。虽然这无聊的生活不愿意再继续下去,但是死,总有点害怕呀。

呼呼呼的声音,似乎紧急的追着。我头也不敢回,只是匆匆迫迫越过了狭沟,跳过了土堆,不知东西南北,慌慌忙忙的跑。

这样的跑了许久,许久,跑得精疲力竭,我才偷眼的往后望了一望。

看不见一只狗,也听不见什么声音,我于是放心的停了脚,往四面细望。

一堆一堆小山似的坟墓,团团围住了我,我已镇定的心,不禁又跳了起来。脚旁的草又短又疏,脚轻轻一动,便刷刷的断落了许多。东一株柏树,西一株松树,都离得很远,孤独的站着。在这寂寞的夜里,凄凉的坟墓中,我想起我生活的孤单与漂荡,禁不住悲伤起来,泪儿如雨的落下了。

一阵心痛,我扭缩的倒了……

"呵——"我睁开眼一看,不觉惊奇的叫了出来。

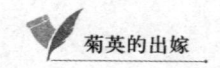

一间清洁幽雅的房子，绿的壁，白的天花板，绒的地毯。从纱帐中望出去。我睡在一张柔软的钢丝床上。洁白的绸被，盖在我的身上。一股沁人的香气充满了帐中。

正在这惊奇间，呀的一声，床后的门开了。进来的似乎有两个人，一个向床前走来，一个站在我的头旁窥我。

"要茶吗，鲁先生？"一个十六七岁的女郎轻轻的掀开纱帐，问我。

"如方便，就请给我一杯，劳驾。"我回答说，看着她的乌黑的眼珠。

"很便，很便。"她说着红了面，好像怕我看她似的走了出去。

不一刻，茶来了。她先扶我坐起，复将茶杯凑到我口边。

"这真对不起。"我喝了半杯茶，感谢的说。

"没有什么。"她说。

"但是，请你告诉我，这是什么地方，你姓什么？"

"我姓林，这里是鲁先生的府上。"她笑着说，雪白的脸上微微起了两朵红云。

"哪一位鲁先生？"

"就是这位。"她笑着指着我说。

"不要取笑。"我说。

"唔,你到处为家的人,怎的这里便不是了。也罢,请一个人来和你谈谈罢。"她说着出去了。

"好伶俐的女子。"我暗自的想。

在我那背后的影子,似乎隐没了。一会儿,从外面走进了一个人。走得十分的慢,仿佛踌躇未决的样子。我回过头去,见是一个相熟的女子的模样。正待深深思索的时候,她却掀开帐子,扑的倒在我的身上了。

"呀!"我仔细一看,骇了一跳。

过去的事,不堪回忆,回忆时,心口便如旧创复发般的痛,它如一朵乌云,一到头上时,一切都黑暗了。

我们少年人只堪往着渺茫的未来前进,痴子似的希望着空虚的快乐。纵使悲伤的前进,失望的希望着,也总要比回头追那过去的影快乐些罢。

在无数的悲伤着前进,失望的希望着者之中,我也是一个。我不仅是不肯回忆,而且还竭力的使自己忘却。然而那影子真利害,它有时会在我无意中,射一支箭在我的心上。

今天这事情,又是它来找我的。

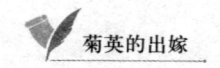

竭力想忘去的二年前的事情,今天又浮在我眼前了。竭力想忘去的二年前的一个人,今天又突然的显在我眼前了。最苦的是,箭射在中过的地方,心痛在伤过的地方。

扑倒在我身上呜咽着的是,二年前的爱人兰英。我和她过去的历史已不堪回想了。

"呵,呵,是梦罢,兰英?"我抱住了她,哽咽的说。

"是呵,人生原如梦呵……"她紧紧的将头靠在我的胸上。

"罢了,亲爱的。不要悲伤,起来痛饮一下,再醉到梦里去罢。"

"好!"她慨然的回答着,仰起头,凑过嘴来。我们紧紧的亲了一会。俄顷,她便放了我,叫着说,"拿一瓶最好的烧酒来,松妹。"

"晓得。"外间有人答应说。

我披着衣起来了。

"现在是在夜里吗?"我看见明晃晃的电灯问。

"正是。"她回答说。

"今夜可有月亮?可有星光?"

"没有。夜里本是黑暗,哪有什么光。"她凄凉的说。

我的心突然跳动了一下，问道：

"呵，兰英，这是什么地方？我怎样来到这里的？"

"这是漂流者的家，你是漂流而来的。"她笑着回答说。

"唔，不要取笑，请老实的告诉我，亲爱的。"我恳切的问。

"是呵，说要醉到梦里去，却还要问这是什么地方。这地方就是梦村，你现在做着梦，所以来到这里了。不信吗？你且告诉我，没有到这里以前，你在什么地方？"

我低头想了一会，从头讲给她听。讲到我恐慌的逃走时，她笑得仰不起头了。

"这样的无用，连狗也害怕。"她最后忍不住笑，说。

"唔，你不知道那些狗多么凶，多么多……"我分辩说。

"人怕狗，已经很可耻了，何况又带着手枪……"

"一个人怎样对付？……而且死在狗的嘴里谁甘心？……"

"是呵，谁肯牺牲自己去救人呵！……咳，然而我爱，不肯牺牲自己是救不了人的呀……"她起初似很讥

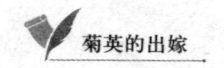

刺，最后却诚恳的劝告我，额上起了无数的皱纹。

我红了脸，低了头的站着。

"酒来了。"说着，走进来了那一位年轻的姑娘，手托着盘。

"请不要回想那过去，且来畅饮一杯热烈的酒罢，亲爱的。"她牵着我的手，走近桌椅旁，从松妹刚放下的盘上取过酒杯，满满的斟了一杯，凑到我的口边。

"呵——"我长长的叹了一口气，一饮而尽。走过去，满斟了一杯，送到她口边，她也一饮而尽。

"鲁先生量大，请拿大杯来，松妹。"她说。

"是。"松妹答应着出去了，不一刻，便拿了两只很大的玻璃杯来。

桌上似乎还摆着许多菜，我不曾注意，两眼只是闪闪的在酒壶和酒杯间。兰英也喝得很快，不曾动一动菜，一面还连呼着"松妹，酒，酒"，松妹"是，是"的从外间拿进来好几瓶。

我们两人，只是低着头喝，不愿讲什么话，松妹惊异的在旁看着。

无意中，我忽然抬起头来。兰英惊讶似的也突然仰起头来，我的眼光正射到她的乌黑的眼珠上，我眉头一皱，过去的影刷的从我面前飞过，心口上中了一支箭了。

我呵的一声，拿起玻璃杯，狠狠的往地上摔去，砰的一声，杯子粉碎了。

我回过头去看兰英，兰英两手掩着面，发着抖，凄凉的站着，只叫着"酒，酒"。我忽然被她提醒，捧起酒壶，张开嘴，倒了下去。

我一壶一壶的倒了下去，我一壶一壶的往嘴里倒了下去……

一阵冷战，我醒了。睁开眼一看，满天都是闪闪的星。月亮悬在远远的一株松树上。我的四面都是坟墓；我睡在濡湿的草上。

"呵，呵，又是梦吗？"我惊骇的说，忽的站了起来，摸一摸手枪，还在身边，拿出来看一看，又看一看自己的胸口，叹了一口气，复放入衣袋中。

"砰，砰，砰……"忽然远远的响了起来。随后便是一阵凄惨的哭声，叫喊声。

"唔，又是那声音？"我暗暗的自问。

"这是很好的机会，不要再被梦中的人讥笑了！"我鼓励着自己，连忙循着声音走去。

"砰，砰，砰……"又是一排枪声，接连着便是隆隆

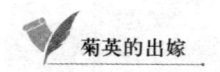

隆的大炮声。

我急急的走去,急急的走去,不一会便在一条生疏的街上了。那街上站着许多人,静静的听着,又不时轻轻的谈论。我看他们镇定的态度,不禁奇异起来了。于是走上几步,问一个年轻的男子。

"请问这炮声在什么地方,离这里有多少远?"

"在对河。离这里五六里。"

"那末,为什么大家很镇定似的?"我惊奇的问。

"你害怕吗?那有什么要紧!我们这里常有战事,惯了。你似乎不是本地人,所以这样的胆小。"他反问我,露出讥笑的样子。

"是,我才从外省来。"我答应了这一句,连忙走开。

"惯了。"神经刺激得麻木便是"惯了"。我一面走一面想。"他既觉得胆大,但是为什么不去救人?——也许怕那路上的狗罢?"

叫喊声,哭泣声,渐渐的近了,我急急的,急急的跑去。

"请救我们虎口残生的人……请救我们无家可归的人……请救我们无父母兄弟妻女的人……你以外的人死尽时,你便没有社会了,你便不能生存了……死了一个人,你便少了一个帮手了,你便少了一个兄弟了……"许多人在远处凄凄的叫着,似像向我这面跑来,同时炮声、枪声、隆隆、砰砰的响着。

我急急的,急急的往前跑。

"唅!站住!"一个人从屋旁跳出来,拖住我的手臂。"前面流弹如雨,到处都戒严,你却还要乱跑!不要命吗?"他大声地说。

"很好,很好,"我挣扎着说,"不能救人,又不能自救,没有勇气杀人,又没有勇气自杀,咒诅着社会,又翻不过这世界,厌恨着生活,又跳不出这地球,还是去求流弹的怜悯,给我幸福罢!……"

脱出手,我便飞也似的往前跑去。只听见那人"疯子!"一句话。

扑通一声,不提防,我忽然落在水中了。拚命挣扎,才伸出头来,却又沉了下去。水如箭一般的从四面八方射入我的口、鼻、眼睛、耳朵里……

"醒醒罢,醒醒罢!"有谁敲着我的纸窗,愤怒似的说。

"呵,呵——谁呀?"我朦胧的问,揉一揉睡眼。

黑沉沉的看不见一点什么,从帐中望出去。没有人

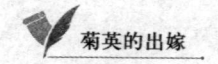

回答我,只听见呼呼的过了一阵风。随后便是窗外萧萧的落叶声。

"又是梦,又是梦!……"我咒诅说。

柚　子

秋天，是萧瑟的秋天，枪声恩惠的离耳后的第三天，战云怜悯的跨过岳麓山后的第三天。

我忧郁地坐在楼上。

无聊的人，偏偏走入了无聊的长沙！

你们要恶作剧，你们尽去作罢，你们的头生在你们的颈上，割了去不会痛到我的颈上来。你们喜欢用子弹充饥，你们就尽量去容纳罢，于我是没有关系的。

于我有关系的只有那岳麓山，好玩的岳麓山。只要将岳麓山留给我玩，即使你们将长沙烧得精光，将湘水染成了血色——换一句话说，就是你们统统打死了，于我也没有关系。

我没有能力可以阻止你们恶作剧，我也不屑阻止你们这种卑贱的恶作剧，从自由论点出发，我还应该听你们自由的去恶作剧哩。

然而不，我须表示反对，反对你们的恶作剧。这原因，不是为着杀人，因为你们还没有杀掉我，是为着你们占据了我要去玩的岳麓山，我所爱的岳麓山。

呵，我的岳麓山，相思的我的岳麓山呀！

自然，命运注定着，不论哪家得胜，我总有在岳麓山巅高歌的一天，然而对于我两个朋友匆匆而来，匆匆而去的事，我总不能忘记你们的赐予。

他们是同我一样的第一次到你们贵处来，差不多和我同时踏入你们热气腾腾的辉煌的邦国。然而你们给他们的赐予是什么呢？是战栗和失色！可怜的两位朋友，他们平生听不见枪炮声，于是特地似的跑到长沙来，饱尝了一月，整整的一月的恐怖和忧愁。

他们一样的思慕着岳麓山，但是可怜的人，战云才过岳麓山，就匆匆的离开了长沙，怕那西风又将战云吹过来。咳咳，可怜的朋友，他们不知道岳麓山从此就要属于我们，却匆匆的走了。

从很远很远的地方来到长沙，连脚尖触一触岳麓山脚下的土的机会也没有，这是何等的不幸呀！

……　……

我独自的坐在楼上，忧郁咬着我的心了。我连忙下

柚 子

了楼，找着T君说："酒，酒！"拖着他就走。

未出大门就急急的跑进来了一个孩子，叫着说："看杀人去呵！看杀人去呵！"

杀人？现在还有杀人的事情？"在哪里？在哪里？"我们急急的问。

"浏阳门外！"

呵，呵，浏阳门外！我们住在浏阳门正街！浏阳门内！这样的糊涂，住在门内的人竟不知道门外还有一个杀人场——刑场！假使有一天无意中闯入了刑场，擦的一声，头飞了去又怎样呢？——不错，不错，这是很痛快的，这是很幸福的，这绝对没有像自杀时那样的难受，又想死，又怕死！这只是一阵发痒的风，吹过颈上，于是，于是就进了幸福的天堂了！

一阵"大——帝"的号声送入我们的耳内，我们知道那就是死之庆祝了。于是我们风也似的追了去，叫着说："看杀人呀！看杀人呀！"

街上的人都蜂拥着，跑的跑，叫的叫，我们挽着手臂，冲了过去，仿佛T君撞倒了一个人，我在别人的脚上踏了一脚。但这有什么要紧呢？为要扩一扩眼界——不过扩一扩眼界罢了——看一看过去不曾碰到过，未来

017

或许难以碰到的奇事,撞到一二个人有什么要紧呢?况且,人家的头要被割掉,你们跌了一交又算什么!托尔斯泰先生说过,"自由之代价者,血与泪也",那末,我们为要得到在这许多人马中行走的自由,自然也只好请你们出一点血与泪的代价了。

牵牵扯扯的挽着臂跑,毕竟不行,要去看一看这空前的西洋景——不,这是东洋景,不得不讲个人主义,我便撇了T君拚着腿跑去。

浏阳门外的城基很高,上面已站满了人,跑上去一看,才知道刑场并不在这里,那一伙"大——帝"着的兵士被一大堆人簇拥着在远远的汽车路上走。

"呵,呵!看杀人,看杀人呀!"许多人噪杂的嚷着,飞跑着。

这些人,平常都是很庄严的,我从没有看见他们这样的扰嚷过。三天前,河干的枪炮声如雷一般的响,如雨一般的密,街上堆着沙袋,袋上袋旁站着刺刀鲜明的负枪的兵,有时故意将枪指一指行人,得得的扳一扳枪机,他们却仍很镇静,保持着庄严的态度,踱方步似的走了过去。偶然,有一个胆怯的人慌头慌脑的走过,大家就露出一种轻笑。平常我和T君跳着嚷着在街上走,他们都发着酸笑，他们的眼珠上露着两个字：疯子！现在，现在可是也轮到你们了，先生们！——不，我错了，跳着嚷着的不过是一般青年人和小孩们罢了，先生们确实还保持着人类的庄严呢！

我和T君跟着许多人走直径，从菜田中穿到汽车路上。从人丛中，我先看见了鲜明的刺刀，继而灰色的帽，灰色的服装。追上这排兵，看见了着黄帽黄衣，挂着指挥刀，系着红布的军官们。

"是一个秃头！是一个强壮的人！"T君伸长着头颈，一面望着，一面这样的叫着说。

"在哪里？在哪里？"我跑着往前看，只是看不见。

"那高高的，大概坐在马上，或者有人挟着走吧，你看，赤着背，背上插着旗！——呵，雄赳赳的！……"

"唔，唔，秃头，一个大好的头颅！"我依稀的从近视镜中望见了一点。

"二十年后又是一个好汉！"

忽然，在我们前后面跑的人都向左边五六尺高的墓地跳了上去，我知道到了。

"这很好，杀了头就葬下，看了杀，就躺下！来罢，来罢，朋友，到坟墓里去！"我一面叫着T君，一面就往

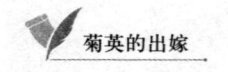

上跳。

"咦，咦，等我一等，不要背着我杀，不要辜负了我来看的盛意，不要扫我的兴！"我焦急的暗祷着，因为只是跳不上那五六尺高的地方。

"快来，快来！"T君已跳上，一面叫着，一面却跑着走了。

"咳，咳，为了天下的第一件奇事，就爬罢，就如狗一样的爬吧！"我没法，便决计爬了。毕竟，做了狗便什么事情都容易，这五六尺高并不须怎样的用力，便爬上了。

大家都已一堆一堆的在坟尖上站住，我就跑到T君旁边，拖着他的臂站下，说：

"要杀头了！要杀头了！"

"要杀头了！要杀头了！"T君和着说。

我的眼用力的睁着，光芒在四面游荡，寻找着那秃头。

果然，那秃头来了！赤着背，反绑着手，手上插着一面旗。一阵微风，旗儿"轻柔而美丽的"飘扬着。

一柄鲜明的大刀，在他的后面闪烁着。

"他哭吗？他忧愁吗？"我问T君说。

柚　子

"没有——还忧愁什么？"T君看了我一眼。

"壮哉！"

只见——只见那秃头突然跪下，一个人拔去了他的旗子，刀光一闪，说时迟，那时快，只听见"好！"的一声，秃头像皮球似的从颈上跳了起来，落在前面四五尺远的草地上，鲜红的血从空颈上喷射出来，有二三尺高，身体就突的往前扑倒了。

"呵，咳！呵，咳！……"我和T君战栗的互抱着，仿佛我们的颈项上少了一件东西。

"不，不要这样的胆怯，索性再看得仔细一点！"T君拖着我，要向那人群围着的地方去。

"算了罢，算了罢。"我钉住了脚。

于是T君独自的跑去了。

"不错，不错，不要失了这千载难逢的机会！"我念头一转，也跑了过去。

人们围着紧紧的，我不敢去挤，只伸长了脖子，踮着脚尖，望了下去：有一双青白的脚，穿着白的布袜，黑的布鞋，并挺在地上，大腿上露着一角蓝色的布裤。

"走，走！"有人恐怖的喝着，我吓了一跳，拔起脚就跑。

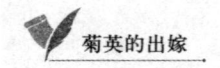

回过头去一看，见别人仍静静的站在那里，我才又转了回去，暗暗埋怨着自己说："这样的胆怯！"

这时一个久为风雨所侵染的如棺材似的东西，正向尸身上罩了下去，于是大家便都嚷着"去，去"，走了。

"呵，咳！呵，咳！"我和T君互抱着，离开了那里，仿佛颈项上少了一件东西。

有一只手，红的手，拿着一团红的绳子，在我们的眼前摇过。

重担落在我们的心上，我们的脚拖不动了，我们怕在坟墓里，也怕离开坟墓，只是徐缓的摇着软弱的腿。

"这人的本领真好，只是一刀！"有一个人站在坟尖上和一个年轻的人谈论着。

"的确，的确，这人的本领真好，这样的一刀痛快得很，不要一分钟，不要一秒钟，不许你迟疑，不许你反悔，比忸忸怩怩的自杀好得多了。这样的死法是何等的痛快，是何等的幸福呀！"我对T君说。

"而且光荣呢，有许多人送终！"T君看了我一眼说。

"不错，我们从此可以骄傲了，我们的眼睛竟有看这样光荣而幸福的事情的福气！"我说。

"然而也是我们眼睛的耻辱哩！"T君说，拖着我走到

柚子

汽车路上。

路的那一边有几间屋子,屋外围着许多人,我们走近去一看:前面有一块牌,牌上贴着一张大纸,上面横书着"罪状"二字,底下数行小字:

查犯人王……向……今又当军事紧急……冒充军人,入县署强索款项……斩却示众!……

"呵,他还与我同姓呢,T君!"我说。

"而且还和你一样的强壮哩!"T君的眼光箭似的射在我的眼上。

我摸一摸自己的头,骄傲的说:"我的头还在我的颈项上呢!小心你自己的罢!"

T君也摸了一摸,骄傲的摇了一摇头。

"仿佛记得许多书上说,从前杀头须等圣旨,现在县知事要杀人就杀人,大概是根据自由论罢。这真是革命以后的进步!"我挽着T君的臂,缓缓的走着,说。

"从前杀头要等到午时三刻,还要让犯人的亲戚来祭别,现在这些繁文都省免了,真是直截了当!"T君说。

"真真感激湖南人,到湖南才一月,就给我们看见了这样稀奇的一幕,在故乡,连听一听关于杀头的新闻也没有福气！"

"这就是革命发源地的特别文化！——哦，太阳看见这文化也羞怯了，你看！"T君用手指着天空。

西南角的惨淡的云中，羞怯的躲藏着太阳。

"看见这样灿烂的湖南，谁敢不肃静回避！"

"呵，咳，怎么呢？我走不动了！"T君靠着我站住了。

"是不是你的脚和他的一样青白了？"我说。

"唔，唔……"T君又勉强的走了。

"你们从什么地方来？"一个湖南有名的音乐家在浏阳门外碰到我们。

"看东洋景——不，湖南景，杀人！"我们回答说。

"难过吗？"

"哦，哦……"

"回去做一个歌来，填上谱子，唱！"他笑着说，走了过去。

"艺术家的残忍！"T君说。

"这不算什么，"我说，"我回去还要做一篇小说公之于世呢！"

"这什么价钱？"路上摆着一担柚子，我拿起一个问卖柚子的说。

"四个铜子。"

"真便宜！湖南的柚子真多，而且也真好吃！买一二个罢？"我向T君说。

的确，柚子的味道真好，又酸又甜，价钱又便宜。我和T君都喜欢吃酸的东西：今年因为怕兵摘，所以种柚子的人家在未熟时就都摘来出卖了，这未成熟的柚子酸得更利害，凑巧配我们两人的胃口，我们到湖南后第一件合意的就是这袖子，几乎天天要吃一个。

"你说这便宜的东西像什么？"T君拿起一个，右手丢起，左手接下，说，"又圆又光又便宜！"

呵，呵，这抛物线正如刚才那颗秃头落下去的样子，我连忙放下自己手中的一个，拔起脚步就跑。

"湖南的柚子呀！湖南人的头呀！"我和T君这样的叫着跑回了学校。

"你还要吃饭，你的头还在吗？"吃晚饭时我看着T君说。

"你呢？留心那后面呵！一霎那——"

我们都吃不下饭去，仿佛饭中有一颗头，带着鲜红的血。

"这在我们不算什么,这里差不多天天要杀人,况且今天只杀了一个!"坐在我们的对面一个人说。

"呵,原来如此,多谢你的指教!"

"柚子呀,湖南的柚子呀!"T君叹息似的说。

"这样便宜的湖南的柚子呀!"

许是不至于罢

一

有谁愿意知道王阿虞财主的情形吗？——请听乡下老婆婆的话：

"啊唷，阿毛，王阿虞的家产足有二十万了！王家桥河东的那所住屋真好呵！围墙又高屋又大，东边轩子，西边轩子，前进后进，前院后院，前楼后楼，前衖后衖密密的连着，数不清有几间房子！左弯右弯，前转后转，像我这样年纪的老太婆走进去了，还能钻得出来吗？这所屋真好，阿毛！他屋里的橡子板壁不像我们的橡子板壁，他的橡子板壁都是红油油得血红的！石板不像我们这里的高高低低，屋柱要比我们的大一倍！屋檐非常阔，雨天来去不会淋到雨！每一间房里都有一个自鸣钟，桌子椅子是花梨木做的多，上面都罩着绒的布！

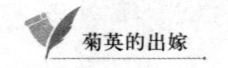

这样的房子，我不想多，只要你能造三五间给我做婆婆的住一住，阿毛，我也就心满意足了。……

"他的钱哪里来的呢？这自然是运气好，开店赚出来的！你看，他现在在小碶头开了几爿店：一爿米店，一爿木行，一爿砖瓦店，一个砖瓦厂。除了这自己开的几爿店外，小碶头的几爿大店，如可富绸缎店，开成南货店，新时昌酱油店都有他的股份。——新开张的仁生堂药店，文记纸号，一定也有他的股份！这爿店年年赚钱，去年更好，听说赚了二万，——有些人说是五万！他店里的伙计都有六十元以上的花红，没有一个不眉笑目舞，一个姓陈的学徒，也分到五十元！今年许多大老板纷纷向王阿虞荐人，上等的职司插不进，都要荐学徒给他。隔壁阿兰嫂是他嫡堂的嫂嫂，要荐一个表侄去做他店里的学徒，说是只肯答应她'下年'呢！啊，阿毛，你若是早几年在他店里做学徒，现在也可以赚大铜钱了！小碶头离家又近，一杯热茶时辰就可走到，哪一天我要断气了，你还可以奔了来送终！……

"'钱可通神'，是的确的，阿毛，王阿虞没有读过几年书，他能不能写信还说不定，一班有名的读书人却和他要好起来了！例如小碶头的自治会长周伯谋，从前在县衙门做过师爷的顾阿林那些人，不是容易奉承得上的。你将来若是也能发财，阿毛，这些人和你相交起来，我做婆婆的也可以扬眉吐气，不会再像现在的被人家欺侮了！……"

二

欢乐把微笑送到财主王阿虞的唇边，使他的脑中涌出无边的满足：

"难道二十万的家产还说少吗？一县能有几个二十万的财主？哈哈！丁旺，财旺，是最要紧的事情，我，都有了！四个儿子虽不算多，却也不算少。假若他们将来也像我这样的不会生儿子，四四也有十六个！十六再用四乘，我便有六十四个的曾孙子！四六二百四十，四四十六，二百四十加十六，我有二百五十六个玄孙！哈哈哈！……玄孙自然不是我可以看见的，曾孙，却有点说不定。像现在这样的鲜健，谁能说我不能活到八九十岁呢？其实没有看见曾孙也并没有什么要紧，能够看见这四个儿子统统有了一个二个的小孩也算好福气了。哈哈，现在大儿子已有一个小孩，二媳妇怀了妊，过几天可以娶来的三媳妇如果再生得

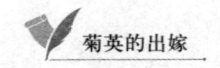

早，二年后娶四媳妇，三年后四个儿子便都有孩子了！哈哈，这有什么难吗？……

"有了钱，做人真容易！从前阿姆对我说，她穷的时候受尽人家多少欺侮，一举一动不容说都须十分的小心，就是在自己的屋内和自己的人讲话也不能过于随便！我现在走出去，谁不嘻嘻的喊我'阿叔''阿伯'？非常恭敬的对着我？许多的纠纷争斗，没有价值的人去说得喉咙破也不能排解，我走去只说一句话便可了事！哈哈！……

"王家桥借钱的人这样多，真弄得我为难！真是穷的倒也罢了，无奈他们借了钱多是吃得好好，穿得好好的去假充阔老！也罢，这毕竟是少数，又是自己族内人，我不妨手头宽松一点，同他们发生一点好感。……

"哈哈，三儿的婚期近了，二十五，初五，初十，只有十五天了！忙是要一天比一天忙了，但是现在已经可以说都已预备齐全。新床，新橱，新桌，新凳，四个月前都已漆好，房子里面的一切东西，前天亦已摆放的妥贴，各种事情都有人来代我排布，我只要稍微指点一下就够了。三儿，他做我的儿子真快活，不要他担，不要他扛，只要到了时辰拖着长袍拜堂！哈哈！……"

突然，财主脸上的笑容隐没了。忧虑带着绉纹侵占到他的眉旁，使他的脑中充满了雷雨期中的黑云：

"上海还正在开战，从衢州退到宁波的军队说是要独立，不管他谁胜谁输，都是不得了的事！败兵，土匪，加上乡间的流氓！无论他文来武来，架我，架妻子，架儿子或媳妇，这二十万的家产总要弄得一秃精光的了！咳咳！……命，而且性命有没有还难预料！如果他捉住我，要一万就给他一万，要十万就给他十万，他肯放我倒也还好，只怕那种人杀人惯了没有良心，拿到钱就是砰的一枪怎么办？……哦，不要紧！躲到警察所去，听到风头不好便早一天去躲着！——啊呀，不好！扰乱的时候，警察变了强盗怎么办？……宁波的银行里去？——银行更要被抢！上海的租界去？路上不太平！……呵，怎么办呢？——或者，菩萨会保佑我的？……"

三

九月初十的吉期差三天了，财主的大屋门口来去进出的人如鳞一般的多，如梭一般的忙。大屋内的各处柱上都贴着红的对联，有几间门旁贴着"局房"、"库房"

菊英的出嫁

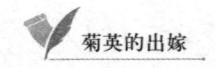

等等的红条。院子的上面，搭着雪白的帐篷，篷的下面结着红色的彩球。玻璃的花灯，分出许多大小方圆的种类，挂满了堂内堂外，轩内轩外，以及走廊等处。凡是财主的亲戚都已先后于吉期一星期前全家老小的来了。帮忙时帮忙，没有忙可帮时他们便凑上四人这里一桌，那里一桌的打牌。全屋如要崩倒似的喧闹，清静连在夜深也不敢来窥视了。

财主的心中深深的藏着隐忧，脸上装出微笑。他在喧哗中不时沉思着。所有的嫁妆已破例的于一星期前分三次用船秘密接来，这一层可以不必担忧。现在只怕人手繁杂，盗贼混入和花轿抬到半途，新娘子被土匪劫去。上海战争得这样利害，宁波独立的风声又紧，前几天镇海关外都说有四只兵舰示威。那里的人每天有不少搬到乡间来。但是这里的乡间比不来别处，这里离镇海只有二十四里！如果海军在柴桥上陆去拊宁波或镇海之背，那这里便要变成战场了！

吉期越近，财主的心越慌了。他叮嘱总管一切简省，不要力求热闹。从小碶头，他又借来了几个警察。他在白天假装着镇静，在夜里睡不熟觉。别人嘴里虽说他眼肿是因为忙碌的缘故，其实心里何尝不晓得他是为的担忧。

远近的贺礼大半都于前一天送来。许多贺客因为他是财主，恐怕贺礼过轻了难看，都加倍的送。例如划船的阿本，他也借凑了一点去送了四角。

王家桥虽然是在山内，人家喊它为"乡下"，可是人烟稠密得像一个小镇。几条大小路多在屋衢里穿过。如果细细的计算一下，至少也有五六百人家。（他们都是一些善人，男女老幼在百忙中也念"阿弥陀佛"。）这里面，没有送贺礼的大约还没有五十家，他们都想和财主要好。

吉期前一天晚上，喜筵开始了。这一餐叫做"杀猪饭"，因为第二日五更敬神的猪羊须在那晚杀好。照规矩，这一餐是只给自己最亲的族内和办事人吃的，但是因为财主有钱，菜又好，桌数又备得多，远近的人多来吃了。

在那晚，财主的耳膜快被"恭喜"撞破了，虽然他还不大出去招呼！

第二天，财主的心的负担更沉重了。他夜里做了一个恶梦：一个穿缎袍的不相识的先生坐着轿子来会他。他一走出去那个不相识者便和轿夫把他拖入轿内，飞也

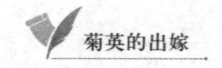

似的抬着他走了。他知道这就是所谓土匪架人，他又知道，他是做不得声的，他只在轿内缩做一团的坐着。跑了一会，仿佛跑到山上了。那土匪仍不肯放，只是满山的乱跑。他知道这是要混乱追者的眼目，使他们找不到盗窟。忽然，轿子在岩石上一撞，他和轿子就从山上滚了下去……他醒了。

他醒来不久，大约五更，便起来穿带着带了儿子拜祖先了。他非常诚心的恳切的——甚至眼泪往肚里流了——祈求祖先保他平安。他多拜了八拜。

早上的一餐酒席叫"享先饭"，也是只给最亲的族内人和办事人吃的，这一餐没有外客来吃。

中午的一餐是"正席"，远近的贺客都纷纷于十一时前来到了。花轿已于九时前抬去接新娘子，财主暗地里捏着一把汗。贺客填满了这样大的一所屋子，他不敢在人群中多坐多立。十一点多，正席开始了。近处住着的人家听见大屋内在奏乐，许多小孩子多从隔河的跑了过去，或在隔河的望着。有几家妇女可以在屋上望见大屋的便预备了一个梯子，不时的爬上去望一望，把自己的男孩子放到屋上去，自己和女孩站在梯子上。他们都知道花轿将于散席前来到，她们又相信财主家的花轿和别人家的不同，财主家的新娘子的铺陈比别人家的多，财主家的一切花样和别人家的不同，所以她们必须扩一扩眼界。

喜酒开始了一会，财主走了出来向大众道谢，贺客们都站了起来：对他恭喜，而且扯着他要他喝敬酒。——这里面最殷勤的是他的本村人。——他推辞不掉，便高声的对大众说："我不会喝酒，但是诸位先生的盛意使我不敢固拒，我只好对大家喝三杯了！"于是他满满的喝了三杯，走了。

贺客们都非常的高兴，大声的在那里猜拳，行令，他们看见财主便是羡慕他的福气，尊敬他的忠实，和气。王家桥的贺客们，脸上都露出一种骄傲似的光荣，他们不时的称赞财主，又不时骄傲的说，王家桥有了这样的一个财主。他们提到财主，便在"财主"上加上"我们的"三字，"我们的财主！"表示财主是他们王家桥的人！

但是忧虑锁住了财主的心，不让它和外面的喜气稍稍接触一下。他担忧着路上的花轿，他时时刻刻看壁上的钟，而且不时的问总管先生轿子快到了没有。十一点四十分，五十分，十二点，钟上的指针迅速的移了过去，财主的心愈加慌了。他不敢把自己所忧虑的事情和

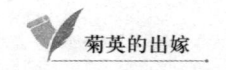

一个亲信的人讲,他恐怕自己的忧虑是空的,而且出了口反不利。

十二点半,妇人和孩子们散席了,花轿还没有来。贺客们都说这次的花轿算是到得迟了,一些老婆婆不喜欢看新娘子,手中提了一包花生,橘子,蛋片,肉圆等物先走了。孩子们都在大门外游戏,花轿来时他们便可以先望到。

十二点五十五分了,花轿还没有来!财主问花轿的次数更多了。"为什么还不到呢?为什么呢?"他微露焦急的样子不时的说。

钟声突然敲了一下。

长针迅速的移到了一点十五分。贺客统统散了席,纷纷的走了许多。

他想派一个人去看一看,但是他不敢出口。

壁上时钟的长针尖直指地上了,花轿仍然没有来。

"今天的花轿真迟!"办事人都心焦起来。

长针到了四十分。

财主的心突突的跳着:抢有钱人家的新娘子去,从前不是没有听见过。

忽然,他听见一阵喧哗声,——他突然站了起来。

"花轿到了！花轿到了！"他听见门外的孩子们大声的喊着。

于是微笑飞到了他的脸上，他的心的重担除掉了。

门外放了三个大纸炮，无数的鞭炮，花轿便进了门。

站在梯子上的妇女和在别处看望着的人都看见抬进大门的只有一顶颜色不鲜明的，形式不时新的旧花轿，没有铺陈，也没有吹手，花轿前只有两盏大灯笼。于是他们都明白了财主的用意，记起了几天前晚上在大屋的河边系着的几只有篷的大船，他们都佩服财主的措施。

四

是黑暗的世界。风在四处巡游，低声的打着呼哨。屋子惧怯的屏了息，敛了光伏着。岸上的树战栗着，不时发出低微的凄凉的叹息；河中的水慌张的拥挤着，带着一种几乎听不见的呜咽。一切，地球上的一切仿佛往下的，往下的沉了下去。……

突然一种慌乱的锣声被风吹遍了村上的各处，惊醒了人们的欢乐的梦，忧郁的梦，悲哀的梦，骇怖的梦，以及一切的梦。

王家桥的人都在朦胧中惊愕的翻起身来。

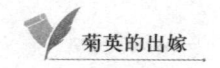

"乱锣！火！火！……"

"是什么铜锣？大的，小的？"

"大的！是住家铜锣！火在屋前屋后！水龙铜锣还没有敲！——快！"

王家桥的人慌张的起了床，他们都怕火在自己的屋前屋后。一些妇女孩子带了未尽的梦，疯子似的从床上跳了下来，发着抖，衣服也不穿。他们开了门出去四面的望屋前屋后的红光。——但是没有，没有红光！屋上的天墨一般的黑。

细听声音，他们知道是在财主王阿虞屋的那一带。但是那边也没有红光。

自然，这不是更锣，不是喜锣，也不是丧锣，一听了接连而慌张的锣声，王家桥的三岁小孩也知道。

他们连忙倒退转来，关上了门。在房内，他们屏息的听着。

"这锣不是报火！"他们都晓得。"这一定是哪一家被抢劫！"

并非报火报抢的锣有大小的分别，或敲法的不同，这是经验和揣想告诉他们的。他们看不见火光，听不见大路上的脚步声，也听不见街上的水龙铜锣来接。

那末，到底是哪一家被抢呢？不消说他们立刻知道是财主王阿虞的家了。试想：有什么愚蠢的强盗会不抢财主去抢穷主吗？

"强盗是最贫苦的人，财主的钱给强盗抢些去是好的。"他们有这种思想吗？没有！他们恨强盗，他们怕强盗，一百个里面九十九个半想要做财主。那末他们为什么不去驱逐强盗呢？甚至大家不集合起来大声的恐吓强盗呢？他们和财主有什么冤恨吗？没有！他们尊敬财主，他们中有不必向财主借钱的人，也都和财主要好！他们只是保守着一个原则："管自己！"

锣声约莫响了五分钟之久停止了。

风在各处巡游，路上静静的没有一个人走动。屋中多透出几许灯光，但是屋中人都像沉睡着的一般。

半点钟之后，财主的屋门外有一盏灯笼，一个四五十岁的木匠——他是财主最亲的族内人——和一个相等年纪的粗做女工——她是财主屋旁的小屋中的邻居——隔着门在问门内的管门人：

"去了吗？"

"去了。"

"几个人？"

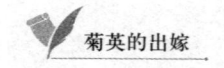

"一个。是贼！"

"哦，哦！偷去什么东西？"

"七八只皮箱。"

"贵重吗？"

"还好。要你们半夜到这里来，真真对不起！"

"笑话，笑话！明天再见罢！'

"对不起，对不起！"

这两人回去之后，路上又沉寂了。数分钟后，前后屋中的火光都消灭了。

于是黑暗又继续的统治了这世界，风仍在四处独自的巡游，低声的打着呼哨。

五

第二天，财主失窃后的第一天，曙光才从东边射出来的时候，有许多人向财主的屋内先后的走了进去。

他们，都是财主的本村人，和财主很要好。他们痛恨盗贼，他们都代财主可惜，他们没有吃过早饭仅仅的洗了脸便从财主的屋前屋后走了出来。他们这次去并不是想去吃财主的早饭，他们没有这希望，他们是去"慰问"财主——仅仅的慰问一下。

"昨晚受惊了,阿哥。"

"没有什么。"财主泰然的回答说。

"这真真想不到!——我们昨夜以为是哪里起了火,起来一看,四面没有火光,过一会锣也不敲了,我们猜想火没有穿屋,当时救灭了,我们就睡了。……"

"哦,哦!……"财主笑着说。

"我们也是这样想!"别一个人插入说。

"我们倒疑是抢劫,只是想不到是你的家里……"又一个人说。

"是哪,铜锣多敲几下,我们也许听清楚了。……"又一个人说。

"真是,——只敲一会儿。我们又都是朦朦胧胧的。"又一个人说。

"如果听出是你家里敲乱锣,我们早就拿着扁担、门闩来了。"又一个人说。

"哦,哦!哈哈!"财主笑着说,表示感谢的样子。

"这还会不来!王家桥的男子又多!"又一个人说。

"我们也来的!"又是一个。

"自然,我们不会看着的!"又是一个。

"一二十个强盗也抵不住我们许多人!"又是一个。

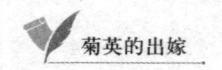

"只是夜深了,未免太对不住大家!——哦,昨夜也够惊扰你们了,害得你们睡不熟,现在又要你们走过来,真真对不起!"财主对大众道谢说。

"没有什么,没有什么!"大家都齐声的回答。

"昨夜到底有几个强盗?"一个人问。

"一个。不是强盗,是贼!"

"呀,还是贼吗?偷去什么?"

"偷去八只皮箱。"

"是谁的?新娘子的?"

"不是。是老房的,我的先妻的。"

"贵重不贵重?"

"还好,只值一二百元。"

"是怎样走进来的,请你详细讲给我们听听。"

"好的,"于是财主便开始叙述昨夜的事情了,"半夜里,我正睡得很熟的时候,我的妻子把我推醒了,她轻轻的说要我仔细听。于是我听见后房有脚步声,移箱子声。我怕,我不知道是贼,我总以为是强盗。我们两人听了许久不敢做声,过了半点钟,我听见没有撬门声,知道并不想到我的房里来,也不见有灯光,才猜到是贼,于是听到贼拿东西出去时,我们立刻翻起身来,拿了床底下的铜锣，狠命的敲，一面紧紧的推着房门。这样，屋内的人都起来了，贼也走了。贼是用竹竿爬进来的，这竹竿还在院子内。大约他进了墙，便把东边的门开开，又把园内的篱笆门开开，留好了出路。他起初是想偷新娘子的东西。他在新房的窗子旁的板壁上挠了一个大大的洞，但是因为里面钉着洋铁，他没有法子想，到我的后房来了。凑巧街堂门没有关，于是他走到后房门口，把门撬了开来。……"

这时来了几个人，告诉他离开五六百步远的一个墓地中，遗弃着几只空箱子。小碶头来了十几个警察和一个所长。于是这些慰问的人都退了出来。财主作揖打恭的比以前还客气，直送他们到大门外。慰问的客越来越多了。除了王家桥外，远处也有许多人来。

下午，在人客繁杂间，来了一个新闻记者，这个新闻记者是宁波S报的特约通讯员，他在小碶头的一个小学校当教员。财主照前的详细讲给他听。

"那末，先生对于本村人，就是说对于王家桥人，满意不满意，他们昨夜听见锣声不来援助你？"新闻记者听了财主的详细的叙述以后，问。

"没有什么不满意。他们虽然没有来援助我，但是他

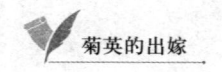

们现在并不来破坏我。失窃是小事。"财主回答说。

"唔，唔！"新闻记者说，"现今，外地有一班讲共产主义者都说富翁的钱都是从穷人手中剥夺去的，他们都主张抢回富翁的钱，他们说这是真理，先生，你听见过吗？"

"哦哦！这，我没有听见过。"

"现在有些人很不满意你们本村人坐视不助，但照鄙人推测，恐怕他们都是和共产党有联络的。鄙人到此不久，不识此地人情，不知先生以为如何？"

"这绝对没有的事情！"财主决然的回答说。

"有些人又以为本村人对于有钱可借有势可靠的财主尚不肯帮助，对于无钱无势的人家一定要更进一步而至于欺侮了。——但不知他们对于一般无钱无势的人怎么样？先生系本地人必所深识，请勿厌啰嗦，给我一个最后的回答。"

"唔，唔，本村人许是不至于罢！"财主想了一会，微笑的回答说。于是新闻记者便告辞的退了出来。

慰问的客踏穿了财主的门限，直至三日五日后，尚有不少的人在财主的屋中进出。听说一礼拜后，财主吃了一斤十全大补丸。

菊英的出嫁

菊英离开她已有整整的十年了。这十年中她不知道滴了多少眼泪，瘦了多少肌肉了，为了菊英，为了她的心肝儿。

人家的女儿都在自己的娘身边长大，时时刻刻倚傍着自己的娘，"阿姆阿姆"的喊。只有她的菊英，她的心肝儿，不在她的身边长大，不在她的身边倚傍着喊"阿姆阿姆"。

人家的女儿离开娘的也有，例如出了嫁，她便不和娘住在一起。但做娘的仍可以看见她的女儿，她可以到女儿那边去，女儿可以到她这里来。即使女儿被丈夫带到远处去了，做娘的可以写信给女儿，女儿也可以写信给娘，娘不能见女儿的面，女儿可以寄一张相片给娘。现在只有她，菊英的娘，十年中不曾见过菊英，不曾收到菊英一封信，甚至一张明片。十年以前，她又不曾给菊英照过相。

她能知道她的菊英现在的情形吗？菊英的口角露着微笑？菊英的眼边留着泪痕？菊英的世界是一个光明的？是一个黑暗的？有神在保佑菊英？有恶鬼在捉弄菊英？菊英肥了？菊英瘦了？或者病了？——这种种，只有天知道！

但是菊英长得高了，发育成熟了，她相信是一定的。无论男子或女子，到了十七八岁的时候想要一个老婆或老公，她相信是必然的。她确信——这用不着问菊英——菊英现在非常的需要一个丈夫了。菊英现在一定感觉到非常的寂寞，非常的孤单。菊英所呼吸的空气一定是沉重的，闷人的。菊英一定非常的苦恼，非常的忧郁。菊英一定感觉到了活着没有趣味。或者——她想——菊英甚至于想自杀了。要把她的心肝儿菊英从悲观的、绝望的、危险的地方拖到乐观的、希望的、平安的地方，她知道不是威吓，不是理论，不是劝告，不是母爱，所能济事；唯一的方法是给菊英一个老公，一个年轻的老公。自然，菊英绝不至于说自己的苦恼是因为没有老公；或者菊英竟当真的不晓得自己的苦恼是因何而起的也未可知。但是给菊英一个老公，必可除却菊英的寂寞，菊英的孤单。他会给菊英许多温和的安慰和许多的快乐。菊英的身体有了托付，灵魂有了依附，便会快活起来，不至于再陷入这样危险的地方去了。问一个十七八岁的女子要不要老公，这是不会得到"要"字的回答的。不论她平日如何注意男子，喜欢男子，想念男子，或甚至已爱上了一个男子，你都无须多礼。菊英的娘明白这个道理，所以也毅然的把对女儿的责任照着向来的风俗放在自己的肩上了。她已经耗费了许多心血。五六年前，一听见媒人来说某人要给儿子讨一个老婆，她便要冒风冒雨，跋山涉水的去东西打听。于今，她心满意足了，她找到了一个非常好的女婿。虽然她现在看不见女婿，但是女婿在七八岁时照的一张相片，她看见过。他生的非常的秀丽，显见得是一个聪明的孩子。因了媒人的说合，她已和他的爹娘订了婚约。他的家里很有钱，聘金的多少是用不着开口的。四百元大洋已做一次送来。她现在正忙着办嫁妆，她的力量能好到什么地步，她便好到什么地步。这样，她才心安，才觉得对得住女儿。

　　菊英的爹是一个商人。虽然他并不懂得洋文，但是因为他老成忠厚，森森煤油公司的外国人遂把银根托

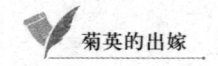

付了他，请他做经理。他的薪水不多，每月只有三十元，但每年年底的花红往往超过他一年的薪水。他在森森公司五年，手头已有数千元的积蓄。菊英的娘对于穿吃，非常的俭省。虽然菊英的爹不时一百元二百元的从远处带来给她，但她总是不肯做一件好的衣服，买一点好的小菜。她身体很不强健，屡因稍微过度的劳动或心中有点不乐，她的大腿腰背便会酸起来，太阳心口会痛起来，牙床会浮肿起来，眼睛会模糊起来。但是她虽然这样的多病，她总是不肯雇一个女工，甚至一个工钱极便宜的小女孩。她往往带着病还要工作。腰和背尽管酸痛，她有衣服要洗时，还是不肯在家用水缸里的水洗——她说水缸里的水是备紧要时用的——定要跑到河边，走下那高高低低摇动而且狭窄的一级一级的埠头，跪倒在最末的一级，弯着酸痛的腰和背，用力的洗衣服。眼睛尽管起了红丝，模糊而且疼痛，有什么衣或鞋要做时，她还是要带上眼镜，勉强的做衣或鞋。她的几种病所以成为医不好的老病，而且一天比一天利害了下去，未始不是她过度的勉强支持所致。菊英的爹和邻居都屡次劝她雇一个女工，不要这样过度的操劳，但她总是不肯。她知道别人的劝告是对的。她知道自己的身体一天不如一天的缘故。但是她以为自己是不要紧的,不论多病或不寿。她以为要紧的是,赶快给女儿嫁一个老公,给儿子讨一个老婆,而且都要热热闹闹阔阔绰绰的举办。菊英的娘和爹,一个千辛万苦的在家工作,一个飘海过洋的在外面经商,一大半是为的儿女的大事。如果儿女的婚姻草草的了事,他们的心中便要生出非常的不安。因为他们觉得儿女的婚嫁,是做爹娘责任内应尽的事,做儿女的除了拜堂以外,可以袖手旁观。不能使喜事热闹阔绰,他们便觉得对不住儿女。人家女儿多的,也须东挪西扯的弄一点钱来尽力的把她们一个一个、热热闹闹阔阔绰绰的嫁出去,何况他们除了菊英没有第二个女儿,而且菊英又是娘所最爱的心肝儿。

尽她所有的力给菊英预备嫁妆,是她的责任,又是她十分的心愿。

哈,这样好的嫁妆,菊英还会不喜欢吗?人家还会不称赞吗?你看,哪一种不完备?哪一种不漂亮?哪一种不值钱?

大略的说一说:金簪二枚,银簪珠簪各一枚。金银发钗各二枚。挖耳,金的二个,银的一个。金的、银的和钻石的耳环各两副。金戒指四枚,又钻石的二枚。手镯

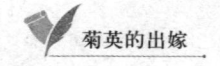

三对,金的倒有二对。自内至外,四季衣服粗穿的俱备三套四套,细穿的各二套。凡丝罗缎如纺绸等衣服皆在粗穿之列。棉被八条,湖绉的占了四条。毯子四条,外国绒的占了两条。十字布乌贼枕六对,两面都挑出山水人物。大床一张,衣橱二个,方桌及琴桌各一个。椅、凳、茶几及各种木器,都用花梨木和其他上等的硬木做成,或雕刻,或嵌镶,都非常细致,全件漆上淡黄、金黄和淡红等各种颜色。玻璃的橱头箱中的银器光彩夺目。大小的蜡烛台六副,最大的每只重十二斤。其余日用的各种小件没有一件不精致,新奇,值钱。在种种不能详说(就是菊英的娘也不能一一记得清楚)的东西之外,还随去了良田十亩,每亩约计价一百二十元。

吉期近了,有许多嫁妆都须在前几天送到男家去,菊英的娘愈加一天比一天忙碌起来。一切的事情都要经过她的考虑,她的点督,或亲自动手。但是尽管日夜的忙碌,她总是不觉得容易疲倦,她的身体反而比平时强健了数倍。她心中非常的快活。人家都由"阿姆"而至"丈姆",由"丈姆"而至"外婆",她以前看着好不难过,现在她可也轮到了!邻居亲戚们知道罢,菊英的娘不是一个没有福气的人!

她进进出出总是看见菊英一脸的笑容。"是的呀,喜期近了呢,我的心肝儿!"她暗暗的对菊英说。菊英的两颊上突然飞出来两朵红云。"是一个好看的郎君,聪明的郎君哩!你到他的家里去,做'他的人'去!让你日日夜夜跟着他,守着他,让他日日夜夜陪着你,抱着你!"菊英羞得抱住了头想逃走了。"好好的服侍他,"她又庄重的训导菊英说,"依从他,不要使他不高兴。欢欢喜喜的明年就给他生一个儿子!对于公婆要孝顺,要周到。对于其他的长者要恭敬,幼者要和蔼。不要被人家说半句坏话,给娘争气,给自己争气,牢牢的记着!……"

音乐热闹的奏着,渐渐由远而近了。住在街上的人家都晓得菊英的轿子出了门。菊英的出嫁比别人要热闹,要阔绰,他们都知道。他们都预先扶老携幼的在街上等候着观看。

最先走过的是两个送嫂。她们的背上各斜披着一幅大红绫子,送嫂约过去有半里远近,队伍就到了。为首的是两盏红字的大灯笼。灯笼后八面旗子,八个吹手。随后便是一长排精制的、逼真的,各色纸童、纸婢、纸

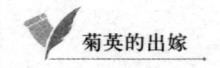

马、纸轿、纸桌、纸椅、纸箱、纸屋,以及许多纸做的器具。后面一顶鼓阁两杠纸铺陈,两杠真铺陈。铺陈后一顶香亭,香亭后才是菊英的轿子。这轿子与平常花轿不同,不是红色,却是青色,四围结着彩。轿后十几个人抬着一口十分沉重的棺材,这就是菊英的灵柩。棺材在一套呆大的格子架中,架上盖着红色的绒毯,四面结着彩,后面跟送着两个坐轿的,和许多预备在中途折回的、步行的孩子。

看的人多说菊英的娘办得好,称赞她平日能吃苦耐劳。她们又谈到菊英的聪明和新郎生前的漂亮,都说配合的得当。

这时,菊英的娘在家里哭得昏过去了。娘的心中是这样的悲苦,娘从此连心肝儿的棺材也要永久看不见了。菊英幼时是何等的好看,何等的聪明,又是何等听娘的话!她才学会走路,尚不能说话的时候,一举一动已很可爱了。来了一位客,娘喊她去行个礼,她便过去弯了一弯腰。客给她糖或饼吃,她红了脸不肯去接,但看着娘,娘说"接了罢,谢谢!"她便用两手捧了,弯了一弯腰。她随后便走到娘的身边,放了一点在自己的口里,拿了一点给娘吃,娘说,"娘不要吃",她便"嗯"

的响了一声,露出不高兴的样子,高高的举着手,硬要娘吃,娘接了放在口里,她便高兴得伏在娘的膝上嘻嘻的笑了。那时她的爹不走运,跑到千里迢迢的云南去做生意,半年六个月没有家信,四年没有回家,也没有半边烂钱寄回来。娘和她的祖母千辛万苦的给人家做粗做细,赚钱来养她,她六岁时自己学磨纸,七岁绣花,学做小脚娘子的衣裤,八岁便能帮娘磨纸,挑花边了。她不同别的孩子去玩耍,也不噪吃闲食,只是整天的坐在房子里做工。她离不开娘,娘也离不开她。她是娘的肉,她是娘的唯一的心肝儿!好几次,娘想到她的爹不走运,娘和祖母日日夜夜低着头给人家做苦工,还不能多赚一点钱,做一件好看的新衣给她穿,买点好吃的糖果给她吃,反而要她日日夜夜的帮着娘做苦工,娘的心酸了起来,忽然抱着她哭了。她看见娘哭,也就放声大哭起来。娘没有告诉她,娘想些什么,但是娘的心酸苦了,她也酸苦了。夜间娘要她早一点睡,她总是说做完了这一点,做完了这一点。娘恐怕她疲倦,但是她反说娘一定疲倦了,她说娘的事情比她多。她好几次的对娘说:"阿姆,我再过几年,人高了,气力大了,我来代你煮饭。你太苦了,又要做这个,又要做那个。"娘笑了,娘抱着她说:"好的,我的肉!"这时,眼泪几乎从娘的眼中滚出来了。娘有时心中悲伤不过,脸上露着愁容,一言不发的独自坐着,她便走了过来,靠着娘站着说:"阿姆,我猜阿爹明天要回来了。"她看见娘病了,躺在床上,她的脸上的笑容就没有了。她没有心思再做工,但她整天的坐在娘的床边,牵着娘的手,或给娘敲背,或给娘敲腿。八年来,娘没有打过她一下,骂过她半句,她实在也无须娘用指尖去轻轻的触一触!菩萨,娘是敬重的,娘没有做过一件亵渎菩萨的事情。但是,天呵!为什么不留心肝儿在娘的身边呢?那时虽是娘不小心,但也是为的她苦得太可怜了,所以娘才要她跟着祖母到表兄弟那里去吃喜酒,好趁此热闹热闹,开开心。谁能够晓得反而害了她呢?早知这样,咳,何必要她去呢!她原是不肯去的。"阿姆不去,我也不去。"她对娘这样说。但是又有吃,又好看,又好耍,做娘的怎么不该劝她偶尔的去一次呢?"那末只有阿姆一个人在家了。"她固执不过娘,便答应了,但她又加上这一句。娘愿意离开她吗?娘能离开她吗?天呵,她去了八天,娘已经尽够苦恼了!她的爹在千里迢迢的地方,钱也没有,信也没有,人又不回来,娘日日夜夜在愁城中做苦工,还有什么生趣?娘的唯一的安慰只有这一个心肝儿,没有她,娘早就不想再活下去了。第九天,她跟着祖母回来了。娘是这样的喜欢:好像娘的灵魂失去了又回来一般!她一看见娘便喊着"阿姆",跑到娘的身边来。娘把她抱了起来,她便用手臂挽住了娘的颈,将面颊贴到娘的脸上来。娘问她去了八天喜欢不喜欢,她说:"喜欢,只是阿姆不在那里没有十分趣味。"娘摸她的手,看她的脸,觉得反而比先瘦了。娘心中有点不乐。过了一会,她咳嗽了几声,娘没有留意。谁知过了一会,她又咳嗽了。娘连忙问她咳嗽了几天,她说两天。娘问她身体好过不好过,她说好过,只是咳了又咳,有点讨厌。娘听了有点懊悔,忙到街上去买了两个铜子的苏梗来泡茶给她吃。她把新娘子生得什么样子,穿什么好的衣服,闹房时怎样,以及种种事情讲给娘听,她的确很喜欢,她讲起来津津有味。第二天早晨,她的声音有点哑了,娘很担忧。但因为要预备早饭,娘没有仔细的问她,娘烧饭时,她还代娘扫了房中的地。吃饭时,娘见她吃不下去,两颊有点红色,忙去摸她的头,她的头发烧了。娘问她还有什么地方难过,她说喉咙有点痛。这一来,娘懊悔得不得了了,娘觉得以先不该要她

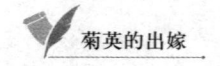

去。祖母愈加懊悔,她说不知道哪里疏忽了,竟使她受了寒,咳嗽而至于喉痛。娘放下饭碗,看她的喉咙,她的喉咙已如血一般的红了。收拾过饭碗,娘又喊她到屋外去,给她仔细的看。这时,娘看见她喉咙的右边起了一个小小的雪白的点子。娘不晓得这是什么病,娘只知道喉病是极危险的。娘的心跳了起来,祖母也非常的担忧。娘又问她,哪一天便觉得喉咙不好过了,这时她才告诉说,前天就觉得有点干燥了似的。娘连忙喊了一只划船,带她到四里远的一个喉科医生那里去。医生的话,骇死了娘,他说这是白喉,已起了两三天了。"白喉!"这是一个可怕的名字!娘听见许多人说,生这病的人都是一礼拜就死的!医生要把一根明晃晃的东西拿到她的喉咙里去搽药,她怕,她闭着嘴不肯。娘劝她说这不痛的,但是她依然不肯。最后,娘急得哭了:"为了阿姆呀,我的肉!"于是她也哭了,她依了娘的话,让医生搽了一次药。回来时,医生又给了一包吃的和漱的药。

第二天,她更加利害了:声音愈加哑,咳嗽愈加多,喉咙里面起了一层白的薄膜,白点愈加多,人愈发烧了。娘和祖母都非常的害怕。一个邻居来说,昨天的医生不大好,他是中医,这种病应该早点请西医。西医最好的办法是打药水针,只要病人在二十四点钟内不至于窒息,药水针便可保好。娘虽然不大相信西医,但是眼见得中医医不好,也就不得不去试一试。首善医院是在万邱山那边,娘想顺路去求药,便带了香烛和香灰去。她怕中医,一定更怕西医,娘只好不告诉她到医院里,只说到万邱山求药去。她相信了娘的话,和娘坐着船去了。但是到要上岸的时候,她明白了。因为她到过万邱山两次,医院的样子与万邱山一点也不像。她哭了,她无论如何不肯上岸去。娘劝她,两个划船的也劝她说,不医是不会好的,你不好,娘也不能活了,她总是不肯。划船的想把她抱上岸去,她用手足乱打乱挣,哑着声音号哭得更利害了,娘看着心中非常的不好过,又想到外国医生的利害,怕要开刀做什么,她既一定不肯去,不如依了她,因此只到万邱山去求了药回来了。第三天早晨,她的呼吸是这样的困难:喉咙中发出嘶嘶的声音,好像有什么塞住了喉咙一般,咳嗽愈利害,她的脸色非常的青白。她瘦了许多,她有两天没有吃饭了。娘的心如烈火一般的烧着,只会抱着流泪。祖母也没有一点主意,也只会流眼泪了。许多人说可以拿荸荠汁,莱菔汁给她吃,娘也一一的依着办来给她吃过。但是第四天早晨，她的喉咙中声音响得如猪的一般了。说话的声音已经听不清楚。嘴巴大大的开着，鼻子跟着呼吸很快的一开一闭。咳嗽得非常利害。脸色又是青又是白，两颊陷了进去。下颚变得又长又尖。两眼呆呆的圆睁着，凹了进去，眼白青白的失了光，眼珠暗淡的不活泼了——像山羊的面孔！死相！娘怕看了。娘看起来，心要碎了！但是娘肯甘心吗？娘肯看着她死吗？娘肯舍却心肝儿吗？不的！娘是无论如何也要想法子的！娘没有钱，娘去借了钱来请医生。内科医生请来了两个，都说是肺风，各人开了一个方子。娘又暗自的跪倒在灶前，眼泪如潮一般的流了出来，对灶君菩萨许了高王经三千，吃斋一年的愿，求灶君菩萨的保佑。娘又诚心的在房中暗祝说，如果有客在房中请求饶恕了她。今晚瘥了，今晚就烧元宝五十锭，直到完全好了，摆一桌十六大碗的羹饭。上半天，那个要娘送她到医院去看的邻居又来了。他说今天再不去请医生来打药水针，一定不会好了。他说他亲眼看见过医好几个人，如果她在二十四点钟内不至于"走"，打了这药水针一定保好。请医院的医生来，必须喊轿子给他，打针和药钱都贵，他说总须六元钱才能请来，他既然这样说，娘在走投无路的时候也必须试一试看。娘没有钱，也没有地方可以再借了，娘只有把自己的皮袄托人拿去当了请医生。皮袄还有什么用处呢，她如果没有法子救了，娘还能活下去吗？吃中饭的时候，医生请来了。他说不应该这样迟才去请他，现在须看今夜的十二点钟了，过了这一关便可放心。她听见，哭了，紧紧的挽住了娘的头颈。她心里非常的清楚。她怕打针，几个人硬按住了她，医生便在她的屁股上打了一针，灌了一瓶药水进去。——但是，命运注定了，还有什么用处呢！咳，娘是该要这样可怜的！下半天，她的呼吸渐渐透不转来，就在夜间十一点钟……天呀！

黄　金

　　陈四桥虽然是一个偏僻冷静的乡村，四面围着山，不通轮船，不通火车，村里的人不大往城里去，城里的人也不大到村里来。但每一家人家却是设着无线电话的，关于村中和附近地方的消息，无论大小，他们立刻就会知道，而且，这样的详细，这样的清楚，仿佛是他们自己做的一般。例如，一天清晨，桂生婶提着一篮衣服到河边去洗涤，走到大门口，遇见如史伯伯由一家小店里出来，一眼瞥去，看见他手中拿着一个白色的信封，她就知道如史伯伯的儿子来了信了，眼光转到他的脸上去，看见如史伯伯低着头一声不响的走着，她就知道他的儿子在外面不很如意了，倘若她再叫一声说："如史伯伯，近来萝蔔很便宜，今天我和你去合买一担来好不好？"如史伯伯摇一摇头，微笑着说："今天不买，我家里还有菜吃。"于是她就知道如史伯伯的儿子最近没有钱寄来，他家里的钱快要用完，快要……快要……了。

不到半天，这消息便会由他们自设的无线电话传遍陈四桥，由家家户户的门缝里窗隙里钻了进去，仿佛阳光似的，风似的。

的确，如史伯伯手里拿的是他儿子的信：一封不很如意的信。最近，信中说，不能寄钱来；的确，如史伯伯的钱快要用完了，快要……快要……

如史伯伯很忧郁，他一回到家里便倒在藤椅上，躺了许久，随后便在房子里踱来踱去，苦恼地默想着。

"悔不该把这些重担完全交给了伊明，把自己的职务辞去，现在……"他想，"现在不到二年便难以维持，便要摇动，便要撑持不来原先的门面了……悔不该——但这有什么法子想呢？我自己已是这样的老，这样的衰，讲了话马上就忘记，算算账常常算错，走路又踉踉跄跄，谁喜欢我去做账房，谁喜欢我去做跑街，谁喜欢我……谁喜欢我呢？"

如史伯伯想到这里，忧郁地举起两手往头上去抓，但一触着头发脱了顶的光滑的头皮，他立刻就缩回了手，叹了一口气，这显然是悲哀侵占了他的心，觉得自

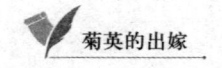

己老得不堪了。

"你总是这样的不快乐。"如史伯母忽然由厨房里走出来，说。她还没有像如史伯伯那么老，很有精神，一个肥胖的女人，但头发也有几茎白了。"你父母留给我们的只有一间破屋，一口破衣橱，一张旧床，几条板凳，没有田，没有多的屋。现在，我们已把家庭弄得安安稳稳，有了十几亩田，有了几间新屋，一切应用的东西都有，不必再向人家去借，只有人家向我们借，儿子读书知礼，又很勤苦——弄到这步田地，也够满意了，你还是这样忧郁的做什么！"

"我没有什么不满意，"如史伯伯假装出笑容，说，"也没有什么不快乐，只是在外面做事惯了，有吃有笑有看，住在家里冷清清的，没有趣味，所以常常想，最好是再出去做几年事，而且，儿子书虽然读了多年，毕竟年纪还轻，我不妨再帮他几年。"

"你总是这样的想法，儿子够能干了，放心罢。——哦，我昨晚做了一个梦，忘记告诉你了，我看见伊明戴了一顶五光十色的帽子，摇摇摆摆的走进门来，后面七八个人抬着一口沉重的棺材，我吓了一跳，醒来了。但是醒后一想，这是一个好梦：伊明戴着五光十色的帽子，一定是做了官了；沉重的棺材，明明就是做官得来的大财。这几天，伊明一定有银信寄到的了。"如史伯母说着，不知不觉地眉飞色舞的欢喜起来。

听了这个，如史伯伯的脸上也现出了一阵微笑，他相信这帽子确是官帽，棺材确是财。但忽然想到刚才接得的信，不由得又忧郁起来，脸上的笑容又飞散了。

"这几天一定有钱寄到的，这是一个好梦。"他又勉强装出笑容，说。

刚才接到了儿子一封信，他没有告诉她。

第二天午后，如史伯母坐在家里寂寞不过，便走到阿彩婶家里去。阿彩婶平日和她最谈得来，时常来往，她们两家在陈四桥都算是第二等的人家。但今天不知怎的，如史伯母一进门，便觉得有点异样：那时阿彩婶正侧面的立在巷子那一头，忽然转过身去，往里走了。

"阿彩婶，午饭吃过吗？"如史伯母叫着说。

阿彩婶很慢很慢的转过头来，说："啊，原来是如史伯母，你坐一坐，我到里间去去就来。"说着就进去了。

如史伯母是一个聪明人，她立刻又感到了一种异样：阿彩婶平日看见她来了，总是搬凳拿茶，嘻嘻哈哈的说个不休，做衣的时候，放下针线，吃饭的时候，放下碗

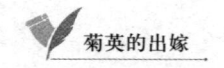

筷,今天只隔几步路侧着面立着,竟会不曾看见,喊她时,她只掉过头来,说你坐一坐就走了进去,这显然是对她冷淡了。

她闷闷地独自坐了约莫十五分钟,阿彩婶才从里面慢慢的走了出来。

"真该死!他平信也不来,银信也不来,家里的钱快要用完了也不管!"阿彩婶劈头就是这样说。"他们男子都是这样,一出门,便任你是父亲母亲,老婆子女,都丢开了。"

"不要着急,阿彩叔不是这样一个人。"如史伯母安慰着她说。但同时,她又觉得奇怪了:十天以前,阿彩婶曾亲自对她说过,她还有五百元钱存在裕生木行里,家里还有一百几十元,怎的今天忽然说快要用完了呢?……

过了一天,这消息又因无线电话传遍陈四桥了:如史伯伯接到儿子的信后,愁苦得不得了,要如史伯母跑到阿彩婶那里去借钱,但被阿彩婶拒绝了。

有一天是裕生木行老板陈云廷的第三个儿子结婚的日子,满屋都挂着灯结着彩,到的客非常之多。陈四桥的男男女女都穿得红红绿绿,不是绸的便是缎的。对着外来的客，他们常露着一种骄矜的神气，仿佛说：你看，裕生老板是四近首屈一指的富翁，而我们，就是他的同族！

如史伯伯也到了。他穿着一件灰色的湖绉棉袍，玄色大花的花缎马褂。他在陈四桥的名声本是很好，而且，年纪都比别人大，除了一个七十岁的阿瑚先生。因此，平日无论走到哪里，都受族人的尊敬。但这一天不知怎的，他觉得别人对他冷淡了，尤其是当大家笑嘻嘻地议论他灰色湖绉棉袍的时候。

"呵，如史伯伯，你这件袍子变了色了，黄了！"一个三十来岁的人说。

"真是，这样旧的袍子还穿着，也太俭省了，如史伯伯！"绰号叫做小耳朵的珊贵说，接着便是一阵冷笑。

"年纪老了还要什么好看，随随便便算了，还做什么新的，知道我还能活……"如史伯伯想到今天是人家的喜期，说到"活"字便停了口。

"老年人都是这样想，但儿子总应该做几件新的给爹娘穿。"

"你听，这个人专门说些不懂世事的话，阿凌哥！"如史伯伯听见背后稍远一点的地方有人这样说。"现在

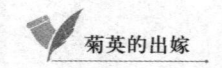

的世界,只有老子养儿子,还有儿子养老子的吗?你去打听打听,他儿子出门了一年多,寄了几个钱给他了!年轻的人一有了钱,不是赌就是嫖,还管什么爹娘!"接着就是一阵冷笑。

如史伯伯非常苦恼,也非常生气,这是他第一次听见人家的奚落。的确,他想,儿子出门一年多,不曾寄了多少钱回家,但他是一个勤苦的孩子,没有一刻忘记过爹娘,谁说他是喜欢赌喜欢嫖的呢?

他生着气踱到别一间房子里去了。

喜酒开始,大家嚷着"坐,坐",便都一一的坐在桌边,没有谁提到如史伯伯,待他走到,为老年人而设,地位最尊敬,也是他常坐的第一二桌已坐满了人,次一点的第三第五桌也已坐满,只有第四桌的下位还空着一位。

"我坐到这一桌来。"如史伯伯说着,没有往凳上坐。他想,坐在上位的品生看见他来了,一定会让给他的。但是品生看见他要坐到这桌来,便假装着不注意,和别个谈话了。

"我坐到这一桌来。"他重又说了一次,看有人让位子给他没有。

"我让给你。"坐在旁边,比上位卑一点地方的阿琴看见品生故意装做不注意,过意不去,站起来,坐到下位去,说。

如史伯伯只得坐下了。但这侮辱是这样的难以忍受,他几乎要举起拳头敲碗盏了。

"品生是什么东西!"他愤怒的想,"三十几岁的木匠!他应该叫我伯伯!平常对我那样的恭敬,而今天,竟敢坐在我的上位!……"

他觉得隔座的人都诧异的望着他,便低下了头。

平常,大家总要谈到他,当面称赞他的儿子如何的能干,如何的孝顺,他的福气如何的好,名誉如何的好,又有田,又有钱;但今天座上的人都仿佛没有看见他似的,只是讲些别的话。

没有终席,如史伯伯便推说已经吃饱,郁郁的起身回家。甚至没有走得几步,他还听见背后一阵冷笑,仿佛正是对他而发的。

"品生这东西!我有一天总得报复他!"回到家里,他气愤愤的对如史伯母说。

如史伯母听见他坐在品生的下面,几乎气得要哭了。

"他们明明是有意欺侮我们!"她嘎着声说,"咳,运气不好,儿子没有钱寄家,人家就看不起我们,欺侮我

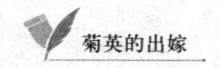

们了!你看,这班人多么会造谣言:不知哪一天我到阿彩婶那里去了一次,竟说我是向她借钱去的,怪不得她许久不到我这里来了,见面时总是冷淡淡的。"

"伊明再不寄钱来,真是要倒霉了!你知道,家里只有十几元钱了,天天要买菜买东西,如何混得下去!"

如史伯伯说着,又忧郁起来,他知道这十几元钱用完时,是没有地方去借的。虽然陈四桥尽多有钱的人家,但他们都一样的小器,你还没有开口,他们就先说他们怎样的穷了。

三天过去,第四天晚上,如史伯伯最爱的十五岁小女儿放学回来,把书包一丢,忍不住大哭了。如史伯伯和如史伯母好不伤心,看见最钟爱的女儿哭了起来,他们连忙抚慰着她,问她哭什么。过了许久,几乎如史伯母也要流泪了,她才停止啼哭,呜呜咽咽地说:

"在学校里,天天有人问我,我的哥哥写信来了没有,寄钱回来了没有。许多同学,原先都是和我很要好的,但自从听见哥哥没有钱寄来,都和我冷淡了,而且还不时的讥笑的对我说,你明年不能读书了,你们要倒霉了,你爹娘生了一个这样的儿子!……先生对我也不和气了,他总是天天的骂我愚蠢……我没有做错的功课，他也说我做错了……今天，他出了一个题目，叫做《冬天的乡野》，我做好交给他看，他起初称赞说，做得很好，但忽然发起气来，说我是抄的！我问他从什么地方抄来，有没有证据，他回答不出来，反而愈加气怒，不由分说，拖去打了二十下手心，还叫我面壁一点钟……"她说到这里又哭了，"他这样冤枉我……我不愿意再到那里读书去了！……"

如史伯伯气得呆了，如史伯母也只会跟着哭。他们都知道那位先生的脾气：对于有钱人家的孩子一向和气，对于没有钱人家的孩子只是骂打的，无论他错了没有。

"什么东西！一个连中学也没有进过的光蛋！"如史伯伯拍着桌子说："只认得钱，不认得人，配做先生！"

"说来说去，又是自己穷了，儿子没有寄钱来！咳，咳！"如史伯母揩着女儿的眼泪说，"明年让你到县里去读，但愿你哥哥在外面弄得好！"

一块极其沉重的石头压在如史伯伯夫妻的心上似的，他们都几乎透不过气来了。真的穷了吗？当然不穷，屋子比人家精致，田比人家多，器用什物比人家齐备，谁说穷了呢？但是，但是，这一切不能拿去当卖！四周的人都睁着眼睛看着你，如果你给他们知道，那么

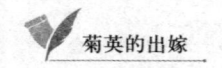

你真的穷了,比讨饭的还要穷了!讨饭的,人家是不敢欺侮的;但是你,一家中等人家,如果给了他们一点点,只要一点点穷的预兆,那么什么人都要欺侮你了,比对于讨饭的,对于狗,还利害!……

过去了几天忧郁的时日,如史伯伯的不幸又来了。

他们夫妻两个只生了一个儿子,二个女儿:儿子出了门,大女儿出了嫁,现在住在家里的只有三个人。如果说此外还有,那便只有那只年轻的黑狗了。来法,这是黑狗的名字。它生得这样的伶俐,这样的可爱;它日夜只是躺在门口,不常到外面去找情人,或去偷别人家的东西吃。遇见熟人或是面貌和善的生人,它仍躺着让他进来,但如果遇见一个坏人,无论他是生人或熟人,它远远的就嗥了起来,如果没有得到主人的许可,他就想进来,那么它就会跳过去咬那人的衣服或脚跟。的确奇怪,它不晓得是怎样辨别的,好人或坏人,而它的辨别,又竟和主人所知道的无异。夜里,如果有什么声响,它便站起来四处巡行,直至遇见了什么意外,它才嗥,否则是不做声的。如史伯伯一家人是这样的爱它,与爱一个二三岁的小孩一般。

一年以前,如史伯伯做六十岁生辰那一天,来了许多客。有一家人家差了一个曾经偷过东西的人来送礼，一到门口，来法就一声不响的跳过去，在他的脚骨上咬了一口。如史伯伯觉得它这一天太凶了，在它头上打了一下，用绳子套了它的头，把它牵到花园里拴着，一面又连忙向那个人赔罪，拿药给他敷。来法起初嗥着，挣扎着，但后来就躺下了。酒席散后，有的是残鱼残肉，伊云，如史伯伯的小女儿，拿去放在来法的面前喂它吃，它一点也不吃，只是躺着。伊云知道它生气了，连忙解了它的绳子。但它仍旧躺着，不想吃。拖它起来，推它出去，它也不出去。如史伯伯知道了，非常的感动，觉得这惩罚的确太重了，走过去抚摩着它，叫它出去吃一点东西，它这才摇着尾巴走了。

"它比人还可爱！"如史伯伯常常这样的说。

然而不知怎的，它这次遇了害了。

约莫在上午十点钟光景，有人来告诉如史伯伯，说是来法跑到屠坊去拾肉骨吃，肚子上被屠户阿灰砍了一刀，现在躺在大门口嗥着。如史伯伯和如史伯母听见都吓了一跳，急急忙忙跑出去看，果然它躺在那里嗥，浑身发着抖，流了一地的血。看见主人去了，它掉转头来望着如史伯伯的眼睛。它的目光是这样的凄惨动人，

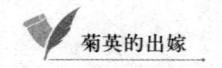

仿佛知道自己就将永久离开主人，再也看不见主人，眼泪要涌了出来似的。如史伯伯看着心酸，如史伯母流泪了。他们检查它的肚子，割破了一尺多长的地方，肠都拖出来了。

"你回去，来法，我马上给你医好，我去买药来。"如史伯伯推着它说，但来法只是望着噢着，不能起来。

如史伯伯没法，急忙忙地跑到药店哩，买了一点药回来，给它敷上，包上。隔了几分钟，他们夫妻俩出去看它一次，临了几分钟，又出去看它一次。吃中饭时，伊云从学校里回来了。她哭着抚摩着它很久很久，如同亲生的兄弟遇了害一般的伤心，看见的人也都心酸。看看它哼得好一些，她又去拿了肉和饭给它吃，但它不想吃，只是望着伊云。

下午二点钟，它哼着进来了，肚上还滴着血。如史伯母忙找了一点旧棉花旧布和草，给它做了一个柔软的躺的窝，推它去躺着，但它不肯躺。它一直跛进屋后，满房走了一遍，又出去了，怎样留它也留不住。如史伯母哭了。她说它明明知道自己不能活了，舍不得主人和主人的家，所以又最后来走了一次，不愿意自己肮脏地死在主人的家里，又到大门口去躺着等死了，虽然已走不动。

果然，来法是这样的，第二天早晨，他们看见它吐着舌头死在大门口了，地上还流了一地的血。

"我必须为来法报仇！叫阿灰一样的死法！"伊云哭着，咒诅说。

"咳！不要做声，伊云，他是一个恶棍，没有办法的。受他欺侮的人多着呢！说来说去，又是我们穷了，不然他怎敢做这事情！……"说着，如史伯母也哭了起来。

听见"穷"字，如史伯伯脸色渐渐青白了，他的心撞得这样的利害：犹如雷雨狂至时，一个过路的客人用着全力急急地敲一家不相识者的门，恨不得立时冲进门去的一般。

在他的账簿上，已只有十二元另几角存款。而三天后，是他们远祖的死忌，必须做两桌羹饭；供过后，给亲房的人吃，这里就须化六元钱。离开小年，十二月二十四，只有十几天，在这十几天内，店铺都要来收账，每一个收账的人都将说："中秋没有付清，年底必须完全付清的，现在……"现在，现在怎么办呢？伊明不是来信说，年底不限定能够张罗一点钱，在二十四以前寄到家吗？……他几乎也急得流泪了。

三天过去，便是做羹饭的日子。如史伯伯一清早便提着篮子到三里外的林家塘去买菜。簿子上写着，这一天羹饭的鱼，必须是支鱼。但寻遍鱼摊，如史伯伯看不见一条支鱼，不得已，他买了一条米鱼代替。米鱼的价钱比支鱼大，味道也比支鱼好，吃的人一定满意的，他想。

晚间，羹饭供在祖堂中的时候，亲房的人都来拜了。大房这一天没有人在家，他们知道二房轮着吃的是阿安，他的叔伯兄弟阿黑今年轮不到吃，便派阿黑来代大房。

阿黑是一个驼背的泥水匠，从前曾经有过不名誉的事，被人家在屋柱上绑了半天。他平常对如史伯伯是很恭敬的。这一天不知怎样，他有点异样：拜过后，他睁着眼睛，绕着桌子看了一遍，像在那里寻找什么似的。如史伯母很注意他。随后，他拖着阿安走到屋角里，低低的说了一些什么。

酒才一巡，阿黑便先动筷箝鱼吃。尝了一尝，便大声的说：

"这是什么鱼？米鱼！簿子上明明写的是支鱼！做不起羹饭，不做还要好些！……"

如史伯伯气得跳了起来，说：

"阿黑,支鱼买不到,用米鱼代还不好吗?哪种贵?哪种便宜?哪种好吃?哪种不好吃?"

"支鱼贵!支鱼好吃!"

"米鱼便宜!米鱼不好吃!"阿安突然也站了起来说。

如史伯伯气得呆了。别的人都停了筷,愤怒地看着阿黑和阿安,显然觉得他们是无理的。但因为阿黑这个人不好惹,都只得不做声。

"人家儿子也有,却没有看见过连羹饭钱也不寄给爹娘的儿子!米鱼代支鱼!这样不好吃!"阿黑左手拍着桌子,右手却只是箝鱼吃。

"你说什么话!畜生!"如史伯母从房里跳了出来,气得脸色青白了。"没有良心的东西!你靠了谁,才有今天?绑在屋柱上,是谁把你保释的?你今天有没有资格说话?今天轮得到你吃饭吗?……"

"从前管从前,今天管今天!……我是代表大房!……明年轮到我当办,我用鲤鱼来代替!鸭蛋代鸡蛋!小碗代大碗!……"阿黑似乎不曾生气,这话仿佛并不是由他口里出来,由另一个传声机里出来一般。他只是喝一口酒,箝一筷鱼,慢吞吞地吃着。如史伯母还在骂他,如史伯伯在和别人谈论他不是,他仿佛都不曾听见。

菊英的出嫁

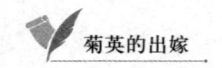

几天之后,陈四桥的人都知道如史伯伯的确穷了:别人家忙着买过年的东西,他没有买一点,而且,没有钱给收账的人,总是约他们二十三,而且,连做羹饭也没有钱,反而给阿黑骂了一顿,而且,有一天跑到裕生木行那里去借钱,没有借到,而且,跑到女婿家里去借钱,没有借到,坐着船回来,船钱也不够,而且……而且……

的确,如史伯伯着急得没法,曾到他女婿家里去借过钱。女婿不在家里。和女儿说着说着,他哭了。女儿哭得更利害。伊光,他的大女儿,最懂得陈四桥人的性格:你有钱了,他们都来了,对神似的恭敬你;你穷了,他们转过背去,冷笑你,诽谤你,尽力的欺侮你,没有一点人心。她小时,不晓得在陈四桥受了多少的气,看见了多少这一类的事情。现在,想不到竟转到老年的父母身上了。她越想越伤心起来。

"最好是不要住在那里,搬到别的地方去。"她哭着说,"那里的人比畜生还不如!……"

"别的地方就不是这样吗?咳!"老年的如史伯伯叹着气,说。他显然知道生在这世间的人都是一样的。

伊光答应由她具名打一个电报给弟弟,叫他赶快电汇一点钱来,同时她又叫丈夫设法,最后给了父亲三十元钱,安慰着,含着泪送她父亲到船边。

但这三十元钱有什么用呢?当天付了两家店铺就没有了。店账还欠着五十几元。过年不敬神是不行的,这里还需十几元。

在他的账簿上,只有三元另几个铜子的存款了!

收账的人天天来,他约他们二十三那一天一定付清。

十二月十六日,账簿上只有二元八角的存款……

"这样羞耻的发抖的日子,我还不曾遇到过……"如史伯伯颤动着语音,说。

如史伯母含着泪,低着头坐着,不时在沉寂中发出沉重的长声的叹息。

"啊啊,多福多寿,发财发财!"忽然有人在门外叫着说。

隔着玻璃窗一望,如史伯伯看见强讨饭的阿水来了。

他不由得颤动着站了起来。"这个人来,没有好结果,"他想着走了出去。

"啊,发财发财,恭喜恭喜!财神菩萨!多化一点!"

"好,好,你等一等,我去拿来。"如史伯伯又走了进来。

他知道阿水来到是要比别的讨饭的拿得多的,于是就满满的盛了一碗米出去。

"不行,不行,老板,这是今年最末的一次!"阿水远远的就叫了起来。

"那末你拿了,我再去盛一碗来。"如史伯伯知道,如果阿水说"不行",是真的不行的。

"差得远,差得远!像你们这样的人家,米是不要的。"

"你要什么呢?"

"我吗?现洋!"阿水睁着两只凶恶的眼睛,说。

"不要说笑话,阿水,像我们这样的人家,哪里……"

"哼!你们这样的人家!你们这样的人家!我不知道吗?到这几天,过年货也还不买,藏着钱做什么!施一点给讨饭的!"阿水带着冷笑,恶狠狠地说。

"今年实在……"如史伯伯忧郁地说。

但阿水立刻把他的话打断了:

"不必多说,快去拿现洋来,不要耽搁我的工夫!"

如史伯伯没法,慢慢地进去了,从柜子里,拿了四角

钱。正要出去,如史伯母急得跳了起来,叫着说:

"发疯了吗?一个讨饭的,给他这许多钱!"

"没有办法,没有办法!"如史伯伯低声的说着,又走了出去。

"四角吗?看也没有看见。我又不是小讨饭的,哼!"阿水忿然的说,偏着头,看着门外。"一千多亩田,二万元现金的人家,竟拿出这一点点来哄小孩子!谁要你的!"

"你去打听打听,阿水!我哪里有这许多……"

"不要多说!快去拿来!"阿水不耐烦的说。

如史伯伯又进去了,他又拿了两角钱。

"六角总该够了罢,阿水?我的确没有……"

"不上一元,用不着拿出来!钱,我看得多了!"阿水仍偏着头说。

这显然是没有办法的。如史伯伯又进去了。

在柜子里,只有两元另两角……

"把这角子统统给了他算了,罢,罢,罢!"如史伯伯叹着气说。

"天呀!你要我们的命吗?一个讨饭的要这许多钱!"如史伯母气得脸色青白,叫着跳了出去。

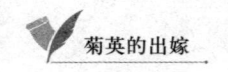

"哼！又是两角！又是两角！"阿水冷笑地说。

"好了，好了，阿水！明年多给你一点。儿子的钱的确还没有寄到，家里的钱已经用完了……"

"再要多，我同你到林家塘警察所去拚老命！看有没有这种规矩！"如史伯母暴躁的说。

"好好！去就去！哼！……"

"她是女人家，阿水，原谅她。我明年多给你一点就是了。"如史伯伯忍气吞声的说，在他的灵魂中，这是第一次充满了羞辱。

"既这样说，我就拿着走了，到底是男人家。哼！我是一个讨饭的，要知道，一个穷光蛋，什么事情都做得出来的！……"他拿了钱，喃喃的说着，走了。

走进房里，如史伯母哭了。如史伯伯也只会陪着流泪。

"阿水这东西，就是这样的坏！"如史伯伯非常气忿的说。"真正有钱的人家，他是决不敢这样的，给他多少，他就拿多少。今天，他知道我们穷了，故意来敲诈。"

忽然，他想到柜子里只有两元，只有两元了……

他点了一炷香，跑到厨房里，对着灶神跪下了……不一会，如史伯母也跑进去在旁边跪下了：

黄　金

……两个人口里喃喃的祷祝着，面上流着泪……

十二月二十二日的清晨，如史伯伯捧着账簿，失了魂似的呆呆地望着。簿子上很清楚的写着：尚存小洋八角。

"啊，这是一个好梦！"如史伯母由后房叫着说，走了出来。她的脸上露着希望的微笑。

"又讲梦话了！日前不是做了不少的好梦吗？但是钱呢？"如史伯伯皱着眉头说。

"自然会应验的，昨夜，"如史伯母坚决地相信着，开始叙述她的梦了，"不知在什么地方，我看见地上泼着一堆饭，'罪过，饭泼了一地'，我说着用手去拾，却不知怎的，到手就烂了，像浆糊似的，仔细一看，却是黄色的粪。'啊，这怎么办呢，满手都是粪了。'我说着，便用衣服去揩手，哪知揩来揩去，只是揩不干净。反而愈揩愈多，满身都是粪了。'用水去洗罢'，我正想着要走的时候，忽然伊明和几个朋友进来了。'啊，慢一点！伊明慢一点进来！'我慌慌张张叫着说，着急了，看着自己满身都是粪，满地都是粪。'不要紧的，妈妈，都是熟人'，他说着向我走来，我慌慌张张的往别处跑，跑着跑着，好像伊明和他的朋友追了来似的。'怎么办呢，怎么办呢，满身都是粪！'我叫

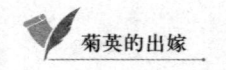

着醒来了。你说,粪不就是黄金吗?啊,这许多……"

"不见得应验。"如史伯伯说。但想到梦书上写着"梦粪染身,主得黄金",确也有点相信了。

然而这不过是一阵清爽的微风,它过去后,苦恼重又充满了老年人的心。

来了几个收账的人,严重的声明,如果明天再不给他们的钱,他们只得对不住他,坐索了……

时日在如史伯伯夫妻是这样的艰苦,这样的沉重,他们俩都消瘦了,尤其是如史伯伯。他觉得自己仿佛是一匹拖重载的驴子,挨着饿,耐着苦,忍着叱咤的鞭子,颠踬着在雨后泥途中行走。但前途又是这样的渺茫,没有一线光明,没有一点希望。时光留住着罢,不要走近年底!但它并不留住,它一天一天的向这个难关上走着。迅速地跨过这难关罢!但它却有意延宕,要走不走的徘徊着。咳,咳……

夜上来了。他们睡得很迟。他近来常常咳嗽,仿佛有什么梗在他的喉咙里一般。

时钟警告地敲了十二下。四周非常的沉寂。如史伯伯也已入在睡眠里。

钟敲二下,如史伯伯又醒了。他记得柜子里只有小

黄　金

洋八角，他预算二十四那一天就要用完了。伊明为什么这几天连信也没有呢？伊光打去的电报没有收到吗？来不及了，来不及了，现在已是二十三，最末的一天，一切店铺里的收账人都将来坐索了！这是一种什么样的耻辱！六十年来没有遇到过！不幸！不幸！……

忽然，他倾着耳朵细听了，仿佛有谁在房子里轻着脚步走动似的。

"谁呀？"

但没有谁回答，轻微的脚步出去了。

"啊！伊云的娘！伊云的娘！起来！起来！"他一面叫着，一面翻起身点灯。

如史伯母和伊云都吓了一惊，发着抖起来了。

衣橱门开着，柜子门也开着，地上放着两只箱子，外面还丢着几件衣服。

"有贼！有贼！"如史伯伯敲着板壁，叫着说。

住在隔壁的是南货店老板松生，他好像没有听见。

如史伯母抬头来看，衣橱旁少了四只箱子，两只在地上，两只不见了。

"打！打！打贼！打贼！"如史伯伯大声的喊着，但他不敢出去。如史伯母和伊云都牵着他的衣服，发着抖。

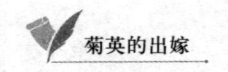

约莫过去了十五分钟,听听没有动静,大家渐渐镇静了。如史伯伯拿着灯,四处的照,从卧房里照起,直照到厨房。他看见房门上烧了一个洞,厨房的砖墙挖了一个大洞。

如史伯母检查一遍,哭着说把她冬季的衣服都偷去了。此外还有许多衣服,她一时也记不清楚。

"如果,"她哭着说,"来法在这里,决不会让贼进来的。……仿佛他们把来法砍死了,就是为的这个……阿灰不是好人,你记得。我已经好几次听人家说他的手脚靠不住……明天,我们到林家塘警察所去报告,而且,叫他们注意阿灰。"

"没有钱,休提起警察!"如史伯伯狠狠的说,"而且,你知道,明天如果儿子没有钱寄来,不要对人家说我们来了贼,不然,就会有更不好的名声加到我们的头上,一班人一定会说这是我们的计策,假装出来了贼,可以赖钱。你想,你想,……在这样的世界上,最好是不要活着!……"

如史伯伯叹了一口气,躺倒在藤椅上,昏过去了。

但过了一会,他的青白的脸色渐渐绯红起来,微笑显露在上面了。

黄　金

他看见阳光已经上升,充满着希望和欢乐的景象。阿黑拿着一个极大的信封,驼背一耸一耸地颠了进来,满面露着笑容,嘴里哼着恭喜,恭喜。信封上印着红色的大字,什么司令部什么处缄。红字上盖着墨笔字,是清清楚楚的"陈伊明"。如史伯伯喜欢得跳了起来。拆开信,以下这些字眼就飞进他的眼里:

　　……儿已在……任秘书主任……兹先汇上大洋二千元,新正……再当亲解价值三十万元之黄金来家……

"啊!啊!……"如史伯伯喜欢得说不出话了。

门外走进来许多人,齐声大叫:"老太爷!老太太!恭喜恭喜!"

阿黑、阿灰、阿水都跪在他们的前面,磕着头……

毒　药

一天下午，光荣而伟大的作家冯介先生正在写一篇故事的时候，门忽然开开了。走进来的是一个十七岁的青年，他的哥哥的儿子。问了几句关于学校生活的话，他就拿了一本才出版的书给他的侄儿看。书名叫做《天鹅》，是他最得意的一部杰作。冯介先生的文章，在十年以前，已哄动全国。读了他的文章，没有一个不感动，惊异，赞叹，认为是中国最近的唯一的作家。代他发行著作的书店，只要在报纸上登一个预告，说冯介先生有一本书在印刷，预约的人便纷至沓来，到出书的那一天，拿了现钱来购买的人往往已买不到了。即如《天鹅》这本书，初版印了五千部，第三天就必须赶紧再版五千。许多杂志的编辑先生时常到他家里来谈天，若是发现了他在写小说，无论只写了一半或才开始，便先恳求他在那一个杂志上发表，并且先付了很多的稿费，免得后来的人把他的稿子拿到别的地方去发表。酷爱他的作品的读者屡次写信给他，恳求见他一面，从他那里出去便如受了神圣的洗礼，换了一个灵魂似的愉快。如其得到冯介先生的一封短短的信，便如得到了宝一般，觉得无上的光荣。

"小说应怎样着手写呢？叔叔？"沉没在惊羡里的他的侄儿敬谨而欢乐地接受了《天鹅》，这样的问。

这在冯介先生，已经听得多了。凡一般憧憬于著作的青年或初进的作家，常对他发这样的问话，希冀在他的回答中得到一点启发和指示。他的侄儿也已不止一次的这样问他。

听了这话，冯介先生常感觉一种苦恼，皱着眉头，冷冷的回答说："随你自己的意思，喜欢怎样，就怎样着手。"

但这话显然是空泛的，不能满足问者的希冀。于是这一天他的侄儿又问了：

"先想好了写，还是随写随想呢，叔叔？"

"整个的意思自然要先想好了才写。"

"我有时愈写愈多，结果不能一贯，非常的散漫，这是什么原因呢？"

"啊,作文法书上不是常常说,搜集材料之后,要整理,要删削,要像裁缝拿着剪刀似的,把无用的零碎边角剪去吗?"

于是他的年青的侄儿像有所醒悟似的,喜悦而且感激的走了出去。

但冯介先生烦恼了。他感觉到一种不堪言说的悲哀。他觉得自己好像在不知不觉中已把这个青年拖到深黑的陷阱中,离开了美丽的安乐的世界;他觉得自己既用毒药戕害了自己的生命和无数的青年,而今天又戕害了自己年青的可爱的侄儿,且把这毒药授给了他,教唆他去戕害其他的青年的生命。

这时,一幅险恶的悲哀的图画便突然高高地挂在光荣的作家的面前,箭似的刺他的眼,刺他的心,刺他的灵魂……

二十岁的时候,他在北京的一个大学校里读书。那时显现在他眼前的正是美丽的将来,绕围着的是愉快的世界。他不知道什么叫做痛苦,对于一切都模糊,朦胧。烦恼如浮云一般,即使有时他偶然的遇着,不久也就不留痕迹的散去了。他自己也有一种梦想,正如其他的青年一般,但那梦想在他是非常的甜蜜的。

因为爱好文艺，多读了一点文学书，他有一天忽然兴致来了，提起笔写了一篇短短的故事。朋友们看了都说是很好的作品，可以发表出去，于是他便高兴地寄给了一家报馆。三天后，这篇故事发表了。相熟的人都对他说，他如果努力的写下去是极有希望的。过了不久，上海的某一种报纸而且将他的故事转载了出来。这使他非常的高兴，又信笔作了一篇寄去发表。这样的接连发表了四五篇，他得了许多朋友的惊异，赞赏。从此他相信在著作界中确有成就的希望，便愈加努力了。

然而美丽的花草有萎谢的时候，光辉的太阳有阴暗的时候，他的命运不能无外来的打击：为了不愿回家和一个不相爱不相熟的女子结婚，激起了父母极大的愤怒，立刻把他的经济的供给停止了。这使他不能再继续地安心读书，不得不跑到一个远的地方去教书。工作和烦恼占据着他，他便有整整的一年多不曾创作。

生活逼迫着他，常使他如游丝似的东飘西荡。一次，他穷得不堪时，忽然想起寄作品给某杂志是有稿费可得的，便写了几千字寄了去。不久，他果然收到了十几元钱。这样的三次五次，觉得也是一种于己于人两无损害的事情，又常常创作了。

有时，他觉得为了稿费而创作是不对的。好的文学作品应该是自然流露出来的产物。为了稿费而创作，有点近于榨取。但有时他又觉得这话不完全合于事实。有好几篇小说，他在二三年前早想好了怎样的开始，怎样的描写，用什么格调，什么样的情节，什么样的人物，怎样的结束，以及其他等等。动笔写，本是要有一贯的精神，特别的兴致的。现在把这种精神和兴致统辖在稿费的希望之下，也不能说写出来的一定不如因别的动机写出来的那末好。或者，他常常这样想，榨出来的作品比别的更好一点也说不定，因为那时有一种特别的环境，特别的压迫，特别的刺激和感触，可以增加作品的色彩，使作品更其生动有力。

但这种解释在一般人看起来似乎是一种强辩。编辑先生自从知道他创作是因了稿费，便对他冷淡了。读者，不愿再看他的小说了。稿子寄出去，起初是压着压着迟缓的发表，随后便老实退还了给他。

"这篇稿子太长了，我们登不下，"编辑先生常常这样的对他说，把稿子退还了给他。有时又这样说，"这篇太短了，过于简略。"

在读者的中间常常这样说："冯介的小说受了S作者

的影响，但又不是正统的传代者，所以不值得看。"

一次，一个朋友以玩笑而带讥刺的写信给他说："你的作品好极了，但翻了一万八千里路的筋斗终于还跳不出作家X君的手心！"

一位公正的批评家在报纸上批评说："冯介的小说是在模仿N君！"

这种种的刺激使他感觉到一种耻辱，于是他搁笔不写了，虽然他觉得编辑先生的可笑，读者的浅薄。

二年后的一天，他在街上走，无意中遇见了一个久不相见的朋友。那个朋友到这里还只两月。他问了问冯介近来的生活之后，便请冯介给他自己主编的将要出版的月刊做文章。冯介告诉他以前做文章所受的奚落，表示不肯再执笔。

"读者的批评常是不对的，可以不必管它！至于文章的长短，我都发表，你尽管拿来。稿费从丰！"那个朋友说。

一种说不出的喜悦和感激从他的心底里涌了出来，他觉得这个朋友对于读者有特殊的眼光，对于他有热心扶助的诚意。这时他的生活正艰苦得厉害，便决计又开始创作了。

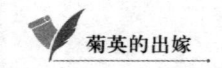

"别个的稿费须等登出来了以后才算给，但你，"那个朋友接到了他的稿子，说，"我知道你很穷，今天便先给你带了回去。"

"多谢你的帮助！"他接了稿费，屡屡这样的说。

但是编辑先生照例是很忙的。他拿了稿子去，因遇不着人，把稿子交给门房，空手回来的次数较多。回来后，他常写这样的信去：

"好友，送上的稿子想已收到。我日来窘迫万状，恳你先把我的稿费算给我，以救燃眉。拜托拜托！"

有几次，不知是邮差送错了，还是那里的门房没有交进去，他等了好久终于没有接到回信。连连去了感激而又拜托的信，都没有消息。

"来信读悉，因忙，未能早复，请恕。弟与兄友谊至厚，今兄在患难中需弟帮助，弟安得不尽绵力。稿费容嘱会计课早日送奉可也。"有时编辑先生似乎特别闲空而且高兴，回信来了。

但会计课也是很忙的。接到通知后他们一时还无暇算他的稿费。稿费虽然只有十几元，然而除去标点符号和空白一字一字的数字数，却是一件艰苦的工作，等待了几天，常使他又不得不亲自跑到会计课去查问。

"昨日已经叫收发课送去了。"会计先生回答说。

收发课同样是忙碌得非常。他们不管他正饿着肚子望眼欲穿的在那里等候,仍须迟缓几天。

这种情形使他感觉得烦恼,羞耻,侮辱。费尽了自己的脑和力及时间,写出来的东西,得到一点酬资,原是分内的事。但他却须对人家表示感激,乞丐似的伸出手去恳求,显出自己是一个穷迫可怜的动物。时时只听见人家恩惠的说:"你穷,你可怜,我救你!……"同时又仿佛听见人家威吓似的说:"你的生命就在我的手中!我要你活下去就活下去,要你死就死!……"即使是会计先生,收发课的人,或一个不重要的送信者,都可以昂然的对他表示这种骄傲,这种侮辱。他觉得卖稿子远不如在马路上的肩贩,客人要买什么货时,须得问问他的价钱,合便卖,不合便不卖,当场拿出现钱来,一面交出货去,各无恩怨的走散。只有稿子寄了去不能说一声要多少稿费,编辑先生收受了,还须对他表示感激。不收受,就把它捻做一团丢入字纸篓,不能说一句话,还须怪自己献丑。侥幸的给了稿费,无论一元钱一千字或五角钱一千字,随他们自己的意思,你都须感激。如果人家说:"你穷,我帮助你,收受你的稿子,

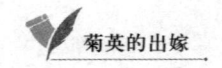

给你稿费。"你就须感激,感激,而又感激!像被鞭鞑的牛马对于宽恕它的主人一般,像他救了你一条命,恩谊如山一般……

想着想着,他几乎又不愿再写小说了。然而,生活的压迫也正是一个重大的难题。如其他的平凡的人一般,他只得先来解决物质上的问题,忍垢含辱的依旧写些小说。

三年过去,他的小说集合起来竟有了厚厚的三本。他便决计去找书店印单行本。严密的重新检阅了几遍,他觉得也还不十分粗糙。在这些小说里面,他看见了自己的希望和失望,快乐和痛苦,泪和血,人格与灵魂。

"无论人家怎样批评,只要我自己满意就是了。"他想着就开始去寻觅出版的书店。

S城的商业虽然繁盛,书店虽然多至数十家,但愿意给他印书的却不容易找到。书店的经理不是说资本缺乏,便是说经费支绌。其实无非因为他是一个不出名的作家,怕出版后销路不好罢了。

找了许多书店,稿子经过了许多商人的审查,搁了许多时日,他的第一部小说集才被一家以提倡新文化为目的的书店留住。

"这部书销路好坏尚难预测,我们且印六百本看看再说。"这家书店的经理这样说。于是他才欣喜地满足地走了。

六个月后,这部书出版了。他所听见的批评倒也还好,这一来他很喜欢。

三个月后,忽然想到这部小说集的销路,便写信去问书店的经理。

"销路很坏,不知何日方能售完。……"回信这样说。

这使他非常的愤怒,对于读者,他眼看着一般研究性的或竟所谓淫书,或一些无聊的言情小说之类的书印了三千又三千,印了五千又五千,而对于他这部并不算过坏的文艺作品竟冷落到如此。

"没有眼睛的读者!"他常常气愤地说。

年节将近的一天,他正为着节关经费的问题向一个朋友借钱去回来,顺路走过这一家书店,便信步走了进去。

"啊,先生,你这部书销路非常之坏!"书店的经理先生劈头就是这一句话。

他阑珊地和经理先生谈了一些闲话,正想起身走时,忽然走进来一个提着黑色皮包的人。寒暄了几句,那个人便开开皮包,取出一大叠的揭单。一张一张的提给经理先生说:"这是《恋爱问题研究》的账,五千部,计……这是《性生活》的计,账……《恋爱信札》……《微风》……《萍踪》……《夜的》……"

正在呆坐着想些别的事情的他,忽然模糊地听见"夜的"两字,他知道是算到自己的《夜的悲鸣》了,便不知不觉的抬起头来。同时,他看见经理先生伸出一只大的手,把账单很快的抢过去,匆促而不自然的截断印刷店里的收账员的话,说:

"不必多说了!统统交给我罢!我明天仔细查对。"

在经理先生大的手指缝里,他明白地看见账单上这样的写着。

"一千五百本……"

"哦!"他几乎惊异地叫了出来。

"年底各处的账款多吗?"经理先生一面问,一面很快的开开抽屉,把帐单往里面一塞,便得的又锁上了。

他回来后愤怒地想了又想,越想越气。这明明是书店作了弊,在那里哄骗他。本来印六百部就不近人情:排字好不容易,上版好不容易,印刷费愈印多愈上算,他印六百部价钱贵了许多,赚什么钱,开什么书店?

他气愤愤地在家里坐了一会,又走了出去,想去质问书店。但走到半路上又折回了。他觉得商人是不易惹的。他存心偷印，你怎样也弄不过他。他可以把账单改换，可以另造一本假的账簿给你看，可以买通印刷所。你要同他打官司，他有的是钱！著作家，是一个穷光蛋！

他想来想去，觉得只有委屈地把这怒气按捺下去，转一个方向，向他要版税。于是他就很和气地写了一封信去。

"《夜的悲鸣》销路不好，到现在只卖去了一百多本，还都不是现款。年内和各店结清了账目，收到书款后，照本店的定例，明年正月才能付先生的版税。……"回信这样说。

"照本店的定例！"他觉得捧出这种法律似的定例来又是没有办法的了，虽然在事实或理论上讲不通，著作家也要过年节，也要付欠账，也要吃饭！于是他又只好转一个方向，写一封信向经理先生讲人情了：

"年关紧迫，我穷得不得了，务请特别帮我一个忙，把已售出去的一百多本书的版税算给我，作为借款，年外揭账时扣下，拜恳拜恳！……"

这样的信写了去，等了四五天终于没有回信。于是他觉得只有亲自去找经理先生。但年关在即，经理先

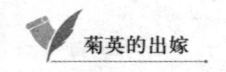

生显然是很忙的。他去了几次，店里的伙计都回说不在家。最后，他便留了一个条子：

"前信想已收到……好在数目不大……如蒙帮忙，真比什么还感激！……"

又等了三四天，回信来了。那是别一个人所写的，经理先生只亲笔签了一个名字。然而他说得比谁还慷慨，比谁还穷：

"可以帮忙的时候，我没有不尽力帮忙。如在平时，即使先生要再多借一点也可以。但现在过年节的时候，我们各处的账款都收不拢来，各处的欠款又必须去付清。照现在的预算，我们年内还缺少约一万元之谱。先生之款实难如命……"

这有什么办法呢？即使你对他再说得恳切一点，或甚至磕几十个响头，眼见得也是没有效力的了！

艰苦地挨过了年关，等了又等，催了又催，有一天版税总算到了手。精明的会计先生开了一张单子，连二百十一本的"一"字都不曾忽略，而每册定价五角，值百抽十二，共计版税洋十二元六角六分的"六分"也还不曾抹去。

对着这十二元六角六分，他只会发气。版税抽得这样的少，他连听也不曾听见过！怪不得商人都可以吃得大腹便便，原来他们的滋养品就是用欺诈、掠夺而来的他人的生命！在编辑先生和书店经理先生的重重压迫之下，他觉得自己仿佛是一条蠕虫或比蠕虫还可怜的动物。无论受着如何的打击，他至多只能缩一缩身子。有时这打击重一点，连缩一缩身子也不可能，就完结了。

他灰心而且失望的，又委屈地受了其他经理先生的欺侮，勉勉强强又把第二集第三集的小说都出了版。

一年后，暴风雨过去了。在他命运的路上渐渐开了一些美丽的花：有几种刊物上，常有称赞他的小说的文章，有几个编辑先生渐渐来请他做文章，书店的经理也问他要书稿了。

在狂热的称赞和惊异中，他不知怎的竟在二年后变成了一个人人钦仰的作家。好几篇文章，在他觉得是没有什么精彩的，编辑先生却把它们登在第一篇，用极大的字印了出来。甚至一点无聊的随感、笔记，都成了编辑先生的宝贵的材料，读者的贵重的读物。无论何种刊物上，只要有"冯介"两个字出现，它的销路便变成惊人的大。有许多预备捻做一圈，塞入字纸篓的稿子，经理先生把它从满被着灰尘的旧稿中找了出来，要拿去出版。五六万字的稿子，二个礼拜后就变成了一部美丽的精致的书。版税突升到值百抽二十五。杂志或报纸上发表的稿费，每千字总在五元以上，编辑先生亲自送了来，还说太微薄，对不起。

这在有些人确是一件愉快、不堪言说的光荣的事情。但在他，却愈觉得无味，耻辱，下贱。作品还未曾为人所欢迎的时候，一脚把你踢开，如踢街上颠蹶地徘徊着的癞狗一般。这时，你出了名，便都露着谦恭、钦敬的容貌，甜美如妓女卖淫一般的言笑着，竭力拉你过去。利用纯洁的青年的心的弱点，把你装饰成一个偶像，做刊物或书店的招牌，好从中取利⋯⋯

"这篇文章须得给五十元稿费！"一次，他对一个编辑先生说。这是他在愤怒中一个复仇的计策。这篇稿子连空白算在里面，恐怕也只有三千字左右。

"哦哦！不多，不多！"编辑先生居然拿着稿子走了，一面还露出欢喜与感激。

当天下午，他竟出人意外的收到了六十元稿费，一页信，表示感激与光荣。

"兹有新著小说稿一部，约计七万字，招书店承印发行。谁出得版税最多的，给谁出版。"有一天又想到了一个复仇的计策,在报纸上登了一个投标的广告。

三天内果然来了一百多名经理先生,他们的标价由百分之三十到百分之五十五。

痛快了一阵,他又觉得索然无味了。商人终于是商人。欺骗,无耻,卑贱,原是他们的护身法宝。怎样的作弄他们,也是无用的。而这样一来,也徒然表现自己和他们一样的卑贱而已。过去的委屈,羞耻,羞辱,尽可以释然。这在人生的路上,原是随处可以遇着的。

但是,著作的生活到底于自己有什么利益呢,除去了这些过去的痕迹?他沉思起来,感觉到非常的苦恼。

自从开始著作以来,他几乎整个的沉埋在沉思和观察里。思想和眼光如用锉刀不断地锉着一般,一天比一天锐敏起来。人事的平常的变动在他在在都有可注意的地方。在人家真诚的背后,他常常看见了虚伪;在天真的背后,他看见了狡诈;在谦恭的背后,他看见了狠毒;在欢乐的背后,他发现了苦恼;在忧郁的背后,他发现了悲哀。这种种在平常的时候都可以像浮云似的不留痕迹地过去,像无知的小孩不知道世界的大小,人间的欢恼,流水自流水,落花自落花一般,现在他都敏锐地深刻地看见了隐藏在深的内部的秘密。从这里得到了深切的失望和悲哀。幼年时的憧憬与梦想都已消散。前途一团的漆黑。什么是人生的意义？什么是伟大的自我？他终于寻不出来。他虽活着，已等于自杀。像这样的思想，远不如一个愚蒙的村夫，无知无识的做着发财的梦，名誉的梦，信托着泥塑木雕的神像，挣扎着谋现在或未来的幸福。……

自己不必管了，他想，譬如短命而死，譬如疾病而死，譬如因一种不测的灾祸而死，如为水灾，火灾，兵灾，或平白地在马路上被汽车撞倒。然而，作品于读者有什么益处呢？给了他们一点什么？安慰吗？他们自己尽有安慰的朋友，东西！希望吗？骗人而已！等到失了望，比你没有给他们希望时还痛苦！指示他们人生的路吗？这样渺茫，纷歧的前途，谁也不知道哪里是幸福，哪里是不幸，你自己觉得是幸福的，在别人安知就不是不幸？想告诉他们以世界的真相和秘密吗？这该诅咒的世界，还是让他们不了解，模模糊糊的好！想讽刺一些坏的人，希望他们转变过来吗？痴想！他们即使看了，也是一阵微风似的过去了！想对读者诉说一点人间的忧抑，苦恼，悲哀吗？何苦把你自己的毒药送给别人！……

伟大而光荣的作家冯介先生想到这里,翻开几本自己的著作来看,只看见字里行间充满着自己的点点的泪和血;无边的苦恼与悲哀:罪恶的结晶,戕害青年的毒药……

点起火柴,他烧掉了桌上尚未完工的作品……

一个危险的人物

夏天的一个早晨,惠明先生的房内坐满了人。语声和扇子声混合着,喧嚷而且嘈杂,有如机器房一般。烟雾迷漫,向窗外流出去了一些,又从各人的口内喷出来许多,使房内愈加炎热。

这是因为子平,惠明先生的侄子,刚从T城回来,所以邻居们都走过来和他打招呼,并且借此听听外面的新闻。

他离家很久,已有八年了。那时他还是一个矮小的中学生,不大懂得人事,只喜欢玩耍,大家都看他不起。现在他已长得很高。嘴唇上稀稀的留着一撇胡髭。穿着一身洋服,走起路来,脚下的皮鞋发出橐橐的声音,庄重而且威严。说话时,吸着烟,缓慢,老练。他在许多中学校、大学校里教过书,不但不能以孩子相看,且俨然是许多青年的师长了。老年的银品先生是一个秀才,他知道子平如果生长在清朝,现在至少是一个翰林,因此也另眼看他,走了过来和他谈话。

一切都还满意,只有一件,在邻居们觉得不以为然。那就是子平的衣服,他把领子翻在肩上,前胸露着一部分的肉。外衣上明明生着扣子,却一个也不扣,连裤带、裤裆都露了出来。他如果是一个种田的或做工的,自然没有什么关系,但他既然是一个读书人,便大大的不像样了。

"看他的神色,颇有做官发迹的希望呢,燕生哥!"做铜匠的阿金别了惠明先生和子平,在路上对做木匠的燕生这样说。

"哼,只怕官路不正!"燕生木匠慢吞吞地回答,"我问你,衣扣是做什么用的?"

"真是呀!做流氓的人才是不扣衣襟的!若说天气热,脱了衣服怕不凉快?赤了膊不更凉快?"

子平回家已有五六天,还不曾出大门一步,使林家塘的邻居们感觉到奇异。村中仅有他的公公,叔叔辈,到了家里应去拜访拜访,他却像闺阁姑娘似的躲着不出来。如果家里有妻子,倒也还说得去,说是陪老婆,然而他还没有结婚。如果有父母兄妹,也未尝不可以说离

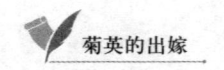

家这许多年，现在在忙着和父母兄妹细谈，然而他都没有。况且惠明先生除了自己和大媳妇，一个男仆，一个女仆，大的儿子在北京读书，小的在上海读书，此外便没有什么人了。这到底是什么东西扯住了他的脚呢？为了什么呢？

大家常常这样的谈论。终于猜不出子平不出门的缘由。于是有一天，好事的长庭货郎便决计冲进他的卧室里去观察他的行动了。

他和惠明先生很要好，常常到他家里去走。他知道子平住的那一间房子。他假装着去看惠明先生，坐谈了一会，就说要看子平，一直往他的房里走了进去。

子平正躺在藤椅上看书。长庭货郎一面和他打招呼，一面就坐在桌子旁的一把椅子上。

仰起头来，他一眼看见壁上挂着一张相片，比他还未卖去的一面大镜子还大。他看见相片上还有十几个年青的女人，三个男子，一个就是子平。女子中，只有两个梳着髻，其余的都把头发剪得短短的，像男子一样。要不是底下穿裙子，他几乎辨不出是男是女了。

"这相片上是你的什么人，子平？"他比子平大一辈，所以便直呼其名。

"是几个要好的同事和学生,他们听说我要回家,都不忍分别。照了这张相片,做一个纪念。"

"唔,唔!"长庭货郎喃喃的说着,就走了回去。"原来有这许多要好的,相好的女人!不忍分别,怪不得爹娘死时,打了电报去,不回来!纪念,纪念,相思!哈哈哈!好一个读书人!有这许多相好的,女人的相片在房里,还出去拜访什么长者!……"

长庭货郎这个人,最会造谣言,说谎话,满村的人都知道。不晓得他从哪里学来了这样本事,三分的事情,一到他的口里,便变了十二分,的的确确的真有其事了。他挑着货郎担不问人家买东西不买,一放下担子就攀谈起来,讲那个,讲这个,咭咭哝哝的说些毫不相干的新闻,引得人家走不开,团团围着他的货郎担,结果就买了他一大批的货物。关于子平有十几个妻子的话,大家都不相信。阿正婶和他赌了一对猪蹄,一天下午便闯进子平的房里去观看。

房门开着。她叫着子平,揭起门帘,走了进去。子平正对着窗子,坐在桌子旁写字。他看阿正婶进去,便站起身,迎了出来。

这使阿正婶吃了一大惊。她看见子平披着一件宽宽

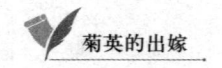

的短短的花的和尚衣，拖着鞋，赤着脚，露着两膝，显然没有穿裤子。

她急得不知怎样才好，匆遽的转过身去，说一声我是找你叔叔来的，拔腿就跑了。

"杀干刀，青天白日，开着门，这样的打扮！"

她没有看见那相片，但她已相信长庭货郎的话是靠得住的了，便买了一对猪蹄，请他下酒。

一次，惠明先生的第二个儿子由上海回家了。第二天早晨，林家塘的人就看见子平第一次走出大门，带着这个弟弟。他沿路和人家点头，略略说几句便一直往田间的小路走去。他带着一顶草帽，前面罩到眉间，后背高耸耸的没有带下去，整个的草帽偏向左边。看见他的人都只会在背后摇头。

"流氓的帽子才是这样的歪着，想不到读书人也学得这样！"杂货店老板史法说着，掉转了头。

"君子行大道，小人走小路！你看，他往哪里走！"在上海一家洋行里做账房先生的教童颇知道几句四书，那时正坐在杂货店柜台内，眼看着子平往田间走去，大不以为然。

许多人站在桥上，远远的注意着子平。他们看见子平一面走,一面指手划脚的和他的弟弟谈着话。循着那路弯弯曲曲的转过去,便到了河边。这时正有一个衣服褴褛的人在河边钓鱼。他们走到那里就站住了。看了一会,子平便先蹲了下去,坐倒在草地上,随后口里不知说什么,他的弟弟也坐下去了。

在桥上远远望着的人都失望的摇着头。他们从来不曾看见过读书人站在河边看下流人钓鱼,而且这样的地方竟会坐了下去。

钓鱼的始终没有钓上一尾,子平只是呆呆的望着,直至桥上的人站得腿酸,他才站了起来,带着他的弟弟回来。

晚间,和惠明先生最要好的邻居富克先生把他们叔侄请了去吃饭,还邀了几个粗通文字的邻人相陪。子平的吃相很不好。他不大说话,只是一杯又一杯的吃酒。一盘菜上来,他也不叫别人吃,先把筷子插了下去。

"读书人竟一点不讲礼节!"同桌的人都气闷闷的暗想着。同时,他又做出一件不堪入目的事。那就是他把落在桌上的饭用筷子刷到地上。这如果在别人,不要说饭落在桌上,即使落在地上又踏了一脚,也要拾起来吃。三岁的小孩都知道糟蹋米饭是要被天雷打的,他竟

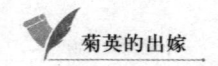

这样的大胆!

碗边碗底还有好几十颗饭米,他放下筷子算吃完了。

"连饭米也不敬惜!读的什么书!"大家都暗暗愤怒的想着,散了席。

林家塘这个村庄是一个风景很好的地方,它的东边有一重很高的山。后南至北迤逦着,有几十里路。山上长着很高的松柏,繁茂的竹子,好几处,柴草长得比人身还高,密密丛丛的,人进去了便看不见一点踪影,山中最多虫鸟,时刻鸣叫着。一到夏天和秋天,便如山崩海决的号响。一条上山巅的路又长又耸,转了十八个弯,才能到得极顶。从那里可以望见西边许多起伏如裙边,如坟墓的大小山冈,和山外的苍茫的海和海中屹立的群岛。西边由林家塘起,像鸟巢似的村屋接连不断,绵延到极边碧绿的田野中,一脉线似的小河明亮亮地蜿蜒着,围绕着。在小河与溪流相通的山脚下,四季中或点点滴滴地鸣着,或雷鸣雨暴地号着。整个的林家塘都被围在丛林中,一年到头开着各色的花。

一天下午,约在一点钟左右,有人看见子平挟了一包东西,独自向山边走了去。

那时林家塘的明生和仁才正在半山里砍柴。他们看见子平循着山路从山脚下彳亍地走上山去,这里站了一会,那里坐了一会。走到离明生和仁才不远的地方,他在一株大树下歇了半天。明生看见他解开那一扎纸包,拿出来一瓶酒似的东西,呆望着远远的云或村庄,一口一口的喝着,手里剥着花生或豆子一类的东西,往口里塞。明生和仁才都不觉暗暗的笑了起来。

坐了许久,子平包了酒瓶,又彳亍地往山顶走了上去。明生和仁才好奇心动,便都偷偷的从别一条山路上跟着走去。

一到山巅,子平便狂呼着来回的跑了起来,跳了起来,发了疯的一般。他们又看见他呆呆的,想什么心事似的坐了许久,又喝了不少的酒。

"这到底是一种什么人啊?"

在他们过去的几十年中,几乎天天在山上砍着柴,还不曾看见过这样的人物。说他疯了罢,显然不是的。小孩子罢,也不是。他是一个教书的先生,千百人所模拟的人物,应该庄重而且威严才是。像这个样子,如何教得书来!然而,然而他居然又在外面教了好几年好几个学校的书了!……

奇异的事还有。子平忽然丢了酒瓶,猱升到一株大

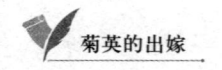

树上去了。

他坐在桠杈上,摇着树枝,唱着歌。在明生和仁才看起来,竟像他们往常所看见的猴子。

他玩了许久,折了一枝树枝,便又跳下来喝酒,一会儿,便躺倒在大树下,似乎睡熟了。

"不要再看这些难以入目的丑态,还是砍我们的柴去罢!"明生和仁才摇着头,往半山里走去。

炎热之后,壁垒似的云迅速地从山顶上腾了起来,一霎时便布满了天空,掩住了火一般的太阳。电比箭还急的从那边的天空射到这边的天空。雷声如从远的海底滚出来一般,隐隐约约响了起来,愈响愈近愈隆,偶然间发出惊山崩石的霹雳。接着大雨便狂怒的落着。林家塘全村这时仿佛是恶涛中的一只小艇,簸荡得没有一刻平静,瓦片拉拉的发出声音。水从檐间的水溜边上呼号地冲了出来,拍拍地击着地上的石头。各处院子中的水,带着各种的积污和泥土凶猛地涌到较高的窗槛下又撞了回去。树林在水中跳动着,像要带根拔了起来,上面当不住严重的袭击,弯着头又像要折断树干往地下扑倒一般。山上的水瀑布似的滚到溪中,发出和雷相呼应的巨声。天将崩塌了。村中的人都战战兢兢的躲在屋中，不敢走出门外。

就在这时候，住在村尾的农夫四林忽然听见了屋外大声呼号的声音。他从后窗望出去，看见一个人撑着一顶纸伞，赤着脚，裤脚卷到大腿上，大声的唱着歌，往山脚下走了去。

那是子平。

"发了疯了，到那里去寻什么狗肉吃呀！"四林不禁喊了起来。

穿过竹林望去，四林看见子平走到溪边站住了。他呆呆的望着，时或抱起一块大石，往急流中撩去。一会儿，他走了下去，只露出了伞顶，似已站在溪流中。

不久雨停了。子平收了伞，还站在那溪中。四林背上锄头，走出门，假装到田间去，想走近一点窥他做什么。

子平脱了上衣，弯着身在溪水上，用手舀着水，在洗他的上身。

"贱骨头！"四林掉转身，远远的就折回自己的家里。

孟母择邻而居，士君子择友而交，正所谓鸡随鸡群，羊随羊群，贼有贼队，官有官党。有钱的和有钱的来往，好人与好人来往。像子平，算是一个读书人，而不与读书人来往，他的为人就可想而知了。林家塘尽有

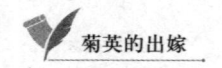

的是读书人，一百年前，出过举人，出过进士，也曾出过翰林。祠堂门口至今还高高的挂着钦赐的匾额。现在有两个秀才都还活着。有两家人家请着先生在教子弟。像林元，虽已改了业做了医生，但他笔墨的好是人人知道的，他从前也是一个童生。年青的像进安，村中有什么信札都是他代看代写。评理讲事有丹生。募捐倡议有芝亭。此外还尽有识字能文的人。而子平，一个也不理，这算是什么呢？他回家已二十多天，没有去看过人，也没有人去看过他。大家只看见他做出了许多难以入目的事情。若说他疯狂，则又不像。只有说他是下流的读书人，便比较的确切。

但一天，林家塘的人看见子平的朋友来了。那是两个外地人，言语有点异样，穿着袋子很多的短衣。其中的一个，手里提着一只黑色的皮包。里面似乎装满了东西。到了林家塘，便问子平的住处，说是由县里的党部来的，和子平同过学。子平非常欢喜的接见他们，高谈阔论的谈了一天，又陪着他们到山上去走。宿了一夜，这两个人走了。子平送得极远极远。

三天后，子平到县城去了。这显然是去看那两个朋友的。他去了三天才回家。

那时田间正是一片黄色,早稻将熟的时候。农夫们都忙着预备收割,田主计算着称租谷的事情。忽然一天,林家塘来了一个贴告示的人。大家都围着去看,只见:

"……农夫栽培辛勤……租谷一律七折……县党部县农民协会示……"

"入他娘的!这样好的年成,要他多管事!……"看的人都切齿的痛恨。有几个人甚至动手撕告示了。

林家塘里的人原是做生意的人最多,种田的没有几个。这一种办法,可以说是于林家塘全村有极大的损失。于是全村的人便纷纷议论,詈骂起来。

"什么叫做党部!什么叫做农民协会!狗屁!害人的东西!"有一种不堪言说的疑惑,同时涌上了大家的心头:觉得这件事情似乎是子平在其中唆使。从这疑惑中,又加上了平时的鄙视,便生出了仇恨。

那是谁都知道的,他和党部有关系。

炊烟在各家的屋上盘绕,结成了一个大的朦胧的网,笼罩着整个的村庄。夜又从不知不觉中撒下幕来,使林家塘渐渐入于黑暗的境界。星星似不愿夜的独霸,便发出闪闪的光辉,照耀着下面的世界。云敛了迹,繁密的银河横在天空。过了一会,月亮也出来了。她带着

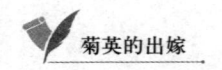

凉爽的气，射出更大的光到地上。微风从幽秘的山谷中，树林中偷偷的晃了出来，给与林家塘一种不堪言说的凉爽。喧哗和扰扰攘攘已退去休息。在清静中，蟋蟀与纺织娘发出清脆的歌声，颂扬着夜的秘密。

经过了炎热而又劳苦的工作，全村的男女便都休息在院中，河边，树下，受着甜蜜的夜的抚慰，三三两两的低声地谈着欢乐或悲苦的往事。

不久，奇异的事发生了。

有人看见头上有无数的小星拥簇在一堆，上窄下阔，形成了扫帚的样式，发出极大的光芒，如大麦的须一般。这叫做扫帚星，是一颗凶星。它发现时，必有王莽一类的人出世，倾覆着朝代，扰乱着安静。像这样的星，林家塘人已有几百年不曾看见过。

大家都指点着，观望着，谈论着。恐怖充满了各人的心中。它正直对着林家塘，显然这个人已出现在林家塘了。

约莫半点钟之久，东南角上忽然起了一朵大的黑云，渐渐上升着，有一分钟左右盖住了光明的月亮。它不歇的往天空的正中飘来，愈走愈近林家塘。扫帚星似已模糊起来，渐渐失了光芒。大家都很惊异的望着，那云很快的便盖住了扫帚星。

"好了！扫帚星不见了！"云过后，果然已看不见光芒的扫帚星，只是几颗隐约的小星在那里闪烁着。于是大家就很喜欢的叫了起来。各人的心中重又回复了平安，渐渐走进屋里去睡眠。

阿武婶的房子正在惠明先生的花园旁边。她走入房内后，忽然听见一阵风声，接着便是脚步声，不由得奇怪起来，她仔细倾听，那声音似在惠明先生的花园里，便走入厨房，由小窗里望了出去。模糊的月光下，她看见一个人正在那里拿着一柄长的剑呼呼的舞着。雪亮的光闪熠得非常可怕。剑在那人的头上身边，前后左右盘旋着。忽然听见那人叱咤一声，那剑便刺在一株树干上。收了剑，又做了几个姿势，那人便走了。阿武婶隐隐约约的看去，正是子平。

一阵战栗从她的心中发出，遍了她的全身。她连忙走进卧房里去。恐怖主宰着她的整个灵魂。她明白扫帚星所照的是谁，方才许多人撅着嘴所暗指的是谁了。

"咳，不幸，林家塘竟出了这样的一个恶魔！"她颤颤地自言自语的说。

林家塘离县城只有三十里路，一切的消息都很灵通，国内的大事他们也颇有一点知道。但因为经商的经商，做工的做工，种田的种田，各有自己的职业，只是日出而作，日入而息，不大去理会那些闲事。谁做皇帝谁做总统，在他们都没有关系，北军来了也好，南军来了也好。这次自从南军赶走北军，把附近的地方占领后，纷纷设立党部，工会，农会，他们还不以为意。最近这么一来，他们疑心起来了。北军在时，加粮加税，但好好的年成租谷打七折还不曾有过。这显然是北军比南军好得多。

林家塘扰扰攘攘了几天，忽然来了消息了。

"这是共产党做的事！"在县内医院里当账房的生贵刚从城里回家，对邻居们说。

"什么是共产党呢？"有好几个人向来没有听见过，问生贵说。

"共产党就是破产党！共人家的钱，共人家的妻子！"

"啊！这还了得！"听的人都惊骇起来。

"他们不认父母，不认子女，凡女人都是男人的妻子，凡男人都是女人的丈夫！别人的产业就是他们的产业！"

这话愈说愈可怕了。听的人愈加多了起来。这样奇怪的事,他们还是头一次听见。

"南军有许许多多共产党,女人也很多。她们都剪了头发,和男子一样的打扮。"

"啊,南军就是共产军吗?"

"不是。南军是国民军。共产党是混在里面的。现在国民军正在到处捉共产党。一查出就捉去枪毙。前日起,县里已枪毙了十几个。现在搜索得极严。有许多共产党都藏着手枪,炸弹。学界里最多。这几天来,街上站满了兵,凡看见剪了头发的女学生都要解开上衣露出胸来,脱了裙子,给他们搜摸。"

"啊!痛快!"

"什么党部,农会,工会!那里面没一个不是共产党。现在都已解散。被捉去的捉去,逃走的逃走了。"

"好,好!问你还共产不共产!"

听的人都喜欢的不得了。眼见得租谷不能打七折,自己的老婆也不会被人家共了。

这消息像电似的立刻就传遍了林家塘。

许许多多人都谈着谈着,便转到扫帚星上去,剑与一群剪头发的女人,以及晴天在山顶上打滚,雨天在山

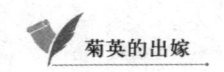

脚下洗澡等等的下流的出奇的举动……

有几个人便相约去讽示惠明先生,探他的意见了,因为他是扫帚星的叔叔,村中不好惹的前辈。

邻居们走后,惠明先生非常的生气。他一方面恶邻居们竟敢这样的大胆,把他的侄子当做共产党,一方面恨子平不争气,会被人家疑忌到如此。七八年前,他在林家塘是一个最威风,最有名声的人,村中有什么事情,殴斗或争论,都请他去判断。他像一个阎王,一句话说出去,怎样重大的案件便解决。村中没有一个人不怕他,不尊敬他。家家请他吃酒,送礼物送钱给他用。近几年来他已把家基筑得很稳固,有屋有田,年纪也老了,不再管别人的事,只日夜躺在床上,点着烟灯,吸吸鸦片消遣。最近两年来,他甚至连家事也交给了大媳妇,不大出自己的房门。子平回来后,只同他同桌吃过三次饭,一次还是在富克先生家里。谈话的次数也很少,而且每次都很短促。他想不到子平竟会这样的下流。他怒气冲冲的叫女仆把子平喊来。

"你知道共产党吗,子平?"他劈头就是这样问。

"知道的。"子平毫不介意的回答说。

这使惠明先生吃了一惊。显然邻居们的观察是对的了。

"为什么要共产呢?"

"因为不平等。不造房子的人有房子住,造房子的反而没有房子住。不种田的人有饭吃,种田的反而没有饭吃。不做衣服的有衣服穿,……"

"为什么要共妻呢?"惠明先生截断他的话,问。

"没有这回事。"他笑着回答说,"只有自由结婚,自由离婚是有的。"

惠明先生点了一点头。

"哈,今日同这个自由结婚,睡了一夜,明日就可以自由离婚,再和别个去自由结婚,后天又自由离婚,又自由结婚,又自由离婚……这不就是共妻?"他想。

"生出来的儿子怎么办呢?"他又问子平说。

"那时到处都设着儿童公育院,有人代养。"

"岂不是不认得父母了。"

"没有什么关系。"

"哦!你怎么知道这许多呢?"

"书上讲得很详细。"

惠明先生气忿地躺在床上,拿起烟筒,装上烟,一头含在口里,便往烟灯上烧,不再理子平。

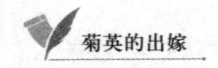

子平还有话要说似的，站了一会，看他已生了气，便索然无味的走回自己的房里。

惠明先生一肚子的气愤。烟越吸越急，怒气也愈加增长起来。自己家里隐藏着一个这样危险的人，他如做梦似的，到现在才知道。林家塘人的观察是多么真确。问他知道吗？——知道。而且非常的详细。他几十年心血所争来的名声，眼见得要被这畜生破坏了！报告，提了去是要枪毙的。他毕竟是自己的侄子。不报告，生贵说过，隐藏共产党的人家是一样要枪毙的。这事情两难。

新的思想随着他的烟上来，他有了办法了。

他想到他兄弟名下尚有二十几亩田，几千元现款存在钱庄里。他兄弟这一家现在只有子平一个人。子平如果死了，是应该他的大儿子承继的，那时连田和现款便统统归到他手里。不去报告，也不见得不被捉去，而且还将株连及自己。报告了，既可脱出罪，又可拿到他的产业，何乐而不为？这本是他自作自受，难怪得叔叔。况且，共产党连父母也不认，怎会认得叔叔？他将来也难免反转来把叔叔当做侄子看待，两个儿子难免受他的欺，被他共了产，共了妻去。

主意拿定，他在夜间请了村中的几个地位较高的人，秘密地商量许久，写好一张报告，由他领衔，打发人送到县里去。

林家塘是一个守不住秘密的地方，第二天早晨，这消息便已传遍了。大家都觉得心里有点痒痒，巴不得这事立刻就发作。

生贵却故意装做不知道似的，偏要去看看子平。

九点钟，他去时，门关着，子平还睡着。十点钟，也还没有起来。他有点疑惑。十二点又去了一次。子平在里面答应说，人不好过，不能起来。下午二点和四点，他觉得自己不好意思再去，叫别人去敲了两次门，也是一样的回答。

"一定是给他知道了！"生贵对教童说，"在里面关着门，想什么方法哩！"

"自然着急的！昨晚惠明先生的话问得太明白了！"

"不要让他逃走！逃走了，我们这班人便要受官厅的殃，说是我们放走的呢！"

第三天早晨，浓厚的雾笼罩了整个的林家塘。炊烟从各家的烟囱中冒了出来，渐渐混合在雾里，使林家塘更沉没在朦胧中，对面辨不出人物。太阳只是淡淡的发着光，似不想冲破雾的网，给林家塘人一个清明的世界一

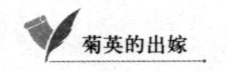

般。只有许多鸟在树林里啁啾地鸣着,不堪烦闷似的。

阿武婶拿着洗净了的一篮衣服回来,忽然听见一阵橐橐的皮鞋声,有一个人便在她的身边迅速地掠过去。她回头细看时,那人已隐没在雾中了。林家塘没有第二个人穿皮鞋,她知道那一定是子平逃走了。她急忙跟着皮鞋声追去。路上遇到了史法,便轻轻的告诉他,叫他跟去,因为她自己是小脚,走不快的。

"万不会让他逃走!"史法想,"那边只有往县城去的一条大路,我跟着去就是了。"

子平走得很快,只听见脚步声,看不见人。

雾渐渐淡了起来,隐约中,史法已看见子平。但脚步声忽然没有了。他仔细望去,子平已走入小路。

"哼!看你往哪里逃罢!"史法喃喃地说着,跟了去。

雾渐渐消散,他看得很清楚,子平走进一个树林里站住了。他正要走过去,忽然树林中起了一声狂叫,吓得他连忙站住了脚步。

对面的山谷猛然又应答了一声。

他看见子平捻着拳头在那里打起拳来了。

"唔,他知道我跟着,要和我相打了!"

他不由得心里突突的跳了起来,不敢动了。

"走远一点罢。"他想。转过身去,他看见前面来了六个人。那是生贵、仁才、明生、长庭、教童、四林,后面还有一群男女,为首的仿佛是惠明先生,丹生先生,富克先生,他们似已知道子平逃走,追了来的。

"逃走了吗?"

"不,在树林内。他死到临头,看见我一个人,磨拳擦掌的,还想打我呢!"史法轻轻的说。看见来了这许多人,他又胆壮了。

"去,追去捉住他!"生贵像发号施令的说。

"不!怕有手枪呢!"仁才这么一说,把几个人都呆住了。

雾已完全敛迹,太阳很明亮地照着。他们忽然看见对面来了七八个人。前面走的都背着枪,穿着军服,后背的一个正是送报告信去的惠明先生的仆人。

"逃走了,逃走了!"大家都大声的喊了起来。"还在树林里!快去,快去!当心他的手枪!"

那些兵就很快的卸下刺刀,装上子弹,吹着哨子,往树林包围了去。

子平似已觉得了。他已飞步往树林外逃去。

突然间,一阵劈拍的枪声,子平倒在田中了。

大家围了上去，看见他手臂和腿上中了两枪，流着鲜红的血。就在昏迷中，两个兵士用粗长的绳索把他捆了起来。有几个兵士便跑到他的屋子里去搜查。

证据是一柄剑。

过了一天，消息传到林家塘：子平抬到县里已不会说谈，官长命令……

几天之后，林家塘人的兴奋渐渐消失，又安心而且平静的做他们自己的事情。溪流仍点点滴滴的流着，树林巍然地站着，鸟儿啁啾地唱着快乐的歌，各色的野花天天开着，如往日一般。即如子平击倒的那一处，也依然有蟋蟀和纺织娘歌唱着，蚱蜢跳跃着，粉蝶飞舞着，不复记得曾有一个青年凄惨的倒在那里流着鲜红的血……

呵，多么美丽的乡村！

阿长贼骨头

第 一 章

父母之荣誉——出胎之幸运——幼时之完美——芳名之由来及其意义

阿长有这样荣誉的父母，我们一点也不能否认，那是他前生修来的结果。易家村里的人们，无论老幼男女，都勇于修来生的幸福，已不是新发明的事，你去问一块千百年前的老石头，恐怕它还记得年青时，易家村尚叫做周家村，或周家村尚叫做陈家村的那从前的从前，人们对于修行的热烈的。如果人人都修行，念经又拜佛，拜佛而又念经，从不堪追计的过去直奉行至无尽的未来，谁能说这个地方还会有不荣誉的事，而阿长，显然前生也在修行的，还会有不荣誉的父母呢？

讲到阿夏，阿长的父亲，不但是易家村里没有一

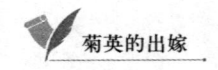

个人不知道，就是离易家村数十里的地方，也人人知道他的大名。在山与海围抱着，周围约有百余里的区域中，像这样出名的人，二百年中还只有三个。第一个，是光绪初年的李筱林进士；第二个是发洋财的陈顺生；第三个——那就是阿夏了。他拿着一条打狗棍，背着一只污旧的饭袋，到处敲着竹板或小木鱼，唱情歌或念善经给人家听，走遍了家家户户，连每一条路上的石头都已认识他。但荣誉之由来却不在于此，——那是因为他喜欢在别人不注意的时候，随便带一点东西回家的缘故。

至于阿长的母亲，还没有嫁给阿夏，便已有了她自己的荣誉。阿长的来源，一直到现在还有点模糊。因此阿夏在阿长还未落地之先，曾和阿长的母亲翻过几次脸。分娩时，阿夏在房里瞪着脚盆和剪刀，已经决定给这孩子一个冷不防，覆了下去；或插了下去。但他毕竟是一个唱情歌和念善经的人，孩子落了地，他的心肠就软了下来，瞧一眼，不自主的溜出去了。

但阿夏虽然饶了他的命，总还有点不曾释然，有好几天懒得出去干他的勾当。于是这影响到他的妻子，使才出世的阿长不得不尝难以消化的稀饭。

然而阿长有幸，造物主宠爱他，给了他粗健的肠胃，使他能够一天比一天长大。他有了落落的黄色的皮肤，短短的眉毛，炯炯发光的眼珠，低而且小的鼻子，狭窄的口，尖削的下巴，小而外翻的耳朵，长的手指，长的腿，小的脚。在灵魂中，造物主又放了一点智慧和欢乐。每当他的父亲发了脾气，恶狠狠地打他一个耳光，他便转过脸去，朝着他的父亲嘻嘻笑了起来，现出舒服而且光荣的表情。他冻冻也可以，饿饿也不妨，整六年中没有生过几次病，偶尔有病，不吃一点药就好了。他虽然长得瘦，晒得黑，但却生得高，也不缺乏气力。六七岁时，他已能拖着一个拉草笓，到街上去拉残草断柴回来，给他的母亲煮饭；提着一只破篮，到人家已经掘完的芋艿田里去拾残剩的芋艿片；也曾带着镰刀去挖藜藿。还有许多事情，别人十几岁才会做的，他七八岁时便会做了。有时，他还赚得一二个铜元回来。只有一次，他拿了沉重的锋利的镰刀出去割路边的茅草，出了一点祸：那就是他割完了茅草，和几个同伴耍镰刀，把它滴溜溜的丢了上去，看看它滴溜溜的落下来，刀尖刚刚陷在草地里，一个不小心，镰刀落在脚旁，砍去了左脚脚跟的一块肉，脚跟好后，这个地方再也不生新的肉，偏了进去了。他的父亲起初以为这是极不雅观的事情，但他的母亲却觉得这样更好；有了这个特殊的记号，万一孩子失了踪，便有法寻找了。

阿长渐渐长大起来，才能也渐渐表露出来，使他的父亲渐渐忘记了以往的事，对他喜欢起来。其中最使他父亲满意的，就是用不着谁教他，便像他父亲似的，晓得在人家不注意的时候，顺手带一点东西回家。他起初连自己母亲衣袋内的铜钱也要暗暗摸了出去，用小石头在地上画了一个方格，又在格内画了两条相交的叉线，和几个同伴打铜钱；或当新年的时候，挤到祠堂门前的牌九摊旁，把铜钱压在人家的最后一道。但被他母亲查出了几次以后，他渐渐连这层也明白了。他知道母亲的就是自己的，不应该动手。

到了十二三岁，他在易家村已有了一点名声。和他的父亲相比，人人说已青出于蓝了。他晓得把拿来的钱用破布裹起来，再加上一点字纸，塞在破蛋壳中，把蛋壳丢在偏僻的墙脚跟，或用泥土捻成一个小棺材，把钱裹在里面，放到阴沟上层的乱石中，空着手到处的走，显出坦然的容貌。随后他还帮着人家寻找，直找遍最偏僻的地方。

然而阿长虽然有了这样特出的天才,命运却喜欢不时同他开玩笑,给了他一个或幸或不幸的一生,使他在童年的时候就蒙上了怎样也消灭不了的美名。

那事发生在他十四岁的时候。

一家和他们很要好,比他们稍微富一点的堂房嫂嫂,有一次因为婆婆出门找儿子要钱去了,一个人睡在家里有点胆怯,便请了阿长的母亲去做伴。正所谓合该有事,三天后阿长的父亲竟有两夜不曾回家,阿长的母亲便不得不守在自己的屋内,派她的儿子去陪伴。第二天的半夜里,隔壁的人家突然听见他的嫂子大声叫了起来,接着拍的一声,似乎打在一个人的面颊上。

"瘟东西!……敢想天鹅肉吃!……"她骂着说。

随后一阵轻微的脚步声,便寂然了。

这句话的意思很清楚,隔壁的人不觉笑了起来。显然这个十四岁小孩想干那勾当了。

第三天的清晨,他嫂嫂的脸上还露着盛怒,和他的母亲低声的说着话。他的母亲很不安的,摇着头叹着气。当天晚上,便不叫他去陪他的嫂子,关着门,把他打了一顿。

有好几天,人家和他的嫂子提起阿长,她便非常痛

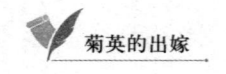

恨的叫他"小鬼"。

但阿长毕竟有特出的天才，他一见嫂嫂仍和从前一样的态度。他的嫂嫂尽管不理他，遇见他时咬着牙，背转脸去，他却仍对着她嘻嘻的笑，仿佛没有事似的。而且还不时的到她房里去。

造物主曾在他嫂嫂的灵魂里撒了宽容，几天过去，她渐渐气平了。她觉得他母亲给他的惩罚已有余，用不着再给他难堪。他到底还没有成人，一个不懂事的孩子，便渐渐和善起来，给了他自新的路。

阿长似乎也懂得他嫂嫂的善意，于是转了一个方向，接着做了一件无损于他嫂嫂的事。

离开想吃天鹅肉的日子还只有十一二天，他赤着脚踏着雨后的湿地，从外面走回家来。一到他嫂嫂的门边，便无意的推开半截门，跨进了门限。他的嫂嫂和娴娴没有在家，房内冷清清的仿佛正为他预备好了动手的机会。他一时心血来潮，便抬头四面望了一望，瞥见久已羡慕的锡瓶在衣橱顶上亮晶晶地发光，便爬上衣橱面前的凳子，捧了下来。同时智慧发出一个紧急的号令，叫他脱下背身，裹着锡瓶，挟着往二里外的当铺走去。

他的婶婶几分钟后就回了家,立刻发现房里失了东西。她细找痕迹,看见了一路的足印,在衣橱前的凳子上显得更其清楚,左足后跟削了进去。这便有了十足的证据了。她开始去寻阿长,但他不在家,也不在邻人的家里。据隔壁的一个妇人说,确曾看见他用衣服裹着一个和锡瓶一样大的东西,匆匆地走了出去。他的婶婶立刻就明白他往当铺里去了。于是她便站在大门口等待他。

约莫过了一点钟,阿长回来了。他昂着头一路和人家打招呼,这里站了一会,和人家说了几句话,那里站了一会,和人家笑几声,态度很安静。他的婶婶一看见他,就满脸发烧,奔到他的面前,右手拉住他的前胸,左手就是拍的一个耳光。

"畜生!"她一面还骂着说。

"怎么啦?"他握住婶婶的手,仰起头来问,声音颇有点强硬。

"还我锡瓶,饶你狗命!"

"啊,到底什么事呀?先讲给我听!锡瓶怎么样?"

但他的婶婶却不讲给他听,一把拖到屋柱旁,叫媳妇拿了一条粗绳,连人和屋柱捆了起来。

"把钱和当票拿出来,饶你狗命!"

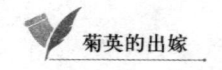

"我哪里来的钱?哪里来的当票?一会儿说是锡瓶,一会儿又说是钱和当票!不晓得你说的什么!你搜就是了。"

他的婶婶动手搜了,自外面的衣上直搜到里面的衬衣。但没有一点影踪。然而足印清清楚楚,左足脚跟削了进去的,没有第二个人。不是他是哪个呢?

"藏到哪里去了,老实说出来,免得吃苦!"他的婶婶警告他,预备动手打了。

阿长仿佛没有听见,一点也不害怕,却反而大声叫起苦来!

"你冤屈我!天晓得!……我拿了你的锡瓶做什么!……"

他的嫂嫂脸上全没有了血色,气恨得比他的婶婶还利害,显然是又联想到那夜的事了。

"贼骨头!不打不招!"她从柴堆里抽出来一束竹梢,往阿长的身上晃了过去。一半的气恨便迸发在"贼骨头"三个字上,另一半的气恨在竹梢上。

阿长有点倔强,竹梢打在身上,一点也不变色。

"打死我也拿不出东西!"

"便打死你这贼骨头!"他的嫂嫂叫着说,举起竹梢，又要往他身上打去。

但阿长的母亲来了。

这一天她正在街上的一家人家做短工，得到了阿长绑在屋柱旁的消息，便急忙跑了回来。她先解了竹梢的围，随后就问底细。

"当票和钱放在哪里，老实说出来，她们可以看娘的面孔，饶恕你！"她听完了婶婶的诉说，便转过身去问阿长。

"我没有拿过！她们冤枉我！"阿长诉苦似的答说。

"贼骨头！还说没有拿过！看竹梢！"他的嫂嫂举起竹梢又要打了。

但阿长的母亲毕竟爱阿长，她把竹梢接住了。

"包在我身上！我想法子叫他拿出来。"她说，"现在且先让我搜一遍。"

她动手搜了。比她婶婶仔细，连肋肢窝里都摸过，贴着肉一直摸到裤腰。——东西就在这里了，她摸着阿长的肚子上围着一根草绳，另外有一根绳直垂到阳物上，拉起来便是一件纸包的东西。她打开来看，果然有六角钱一张当票。

"滚出去！畜生！这样不要脸！"她骂着就是一个耳

光,随后便把绳子解开了。

阿长得了机会,就一溜烟的跑走了,当晚没有回来,不晓得在哪一个垃圾堆里过了一夜。第二天晚上走回来,躲在柴堆里,给他母亲看见了,关起门来痛打了一顿。

于是,这个美事传开去,大家谈着他的时候,从此就不再单叫他阿长,叫他"阿长贼骨头"了。

"贼骨头"这三个字在易家村附近人的心中是有特别的意义的。它不仅含着"贼","坏贼","一根草也要偷的贼"等等的意义,它还含着"卑贱人","卑贱的骨头","什么卑贱的事都做得出的下流人"等等的意义。一句话,天下没有什么绰号比这个含义更广,更多,更有用处的了。

阿长的嫂嫂,极端贞节、极端善良之外,还是一个极端聪明的人!她想出来的这个芳名,对于阿长再合适没有了。只有阿长这个美的、香的、可爱的人,才不辜负这个美的、香的、可爱的名字!

第 二 章

痛改前非沿门呼卖——旧性复发见物起

意——半途被执情急智生——旧恩难忘报以琼浆

阿长自从被他的婶婶绑过屋柱之后,渐渐有点悔悟了。屡次听着母亲的教训,便哭了起来。泪珠像潮似的涌着,许久许久透不过气。走出门外,不自主的头就低了下去,怕看人家一眼。

"我不再做这勾当了!"

一次,他对他的母亲这样说。他说他愿意学好,愿意去做买卖,只求他母亲放一点本,卖饼也可以,卖豆腐也可以,卖洋油也可以。意思确是非常的坚决。

他的母亲答应了。她把自己做短工积得的钱拿出来给他做本钱,买了一只篾编的圆盘,又去和一家饼店说好了,每日批了许多大饼,小饼,油条,油绳之类,叫他顶在头上,到各处去卖。

阿长是一个聪明人,他顶了满盘的饼子出去,常常空着盘子回来,每天总赚到一点钱。他认得附近的大路小路,知道早晨应该由哪一条屋巷出发,绕来绕去,到某姓某家的门口,由哪一条屋巷绕回来。他知道在某一个地方,某一家门前,高声喊了起来,屋内的人会出来买他的饼。他知道在某一个地方应该多站一点时候,必定还有人继续出来买他的饼。他又知道某一地方用不着叫喊，某一个地方用不着停顿，即使喊破了喉咙，站酸了两腿，也是不会有人来买的。真所谓熟能生巧，过了几个月，他的头顶就非常适合于盘子，盘子顶在头上，垂着两手不去扶持也可以走路了。盘子的底仿佛有了一个深的洞，套在他的头顶，怎样也不会丢下来，有时阿长的头动起来，它还会滴溜溜的在上转动。

这样的安分而且勤孜，过了一年多，直至十六岁，他的春心又动了。他的心头起了不堪形容的欲望，希求一切的东西，眼珠发起烧来，钉住了眼前别人的所有物，两手痒呵呵的只想伸出去。

于是有一天，情愿捐弃了一年多辛苦所换来的声誉，不自主的走到从前所走过的路上去了。

离开易家村三里路的史家桥的一家人家，叫做万富嫂的，有两个小孩，大的孩子的项圈，在阿长的眼前闪烁了许久了。那银项圈又粗又大，永久亮晶晶地发着光！

"不但可爱而且值钱。"阿长想。

一天他卖饼卖到万富嫂的门口，万富嫂出去了，只剩着两个孩子在门口戏耍。

"卖火热的大饼喽！"阿长故意提高了声音！

"妈妈！卖大饼的来了！"那个大的孩子，约四岁光景,一面叫着,一面便向阿长跑来。

"妈妈呢?"阿长问。

"妈妈!"那孩子叫了起来。

阿长注意着,依然不听见他妈妈的回答。

"我送你一个吃罢!来!"阿长把盘子放在地上,拿了一个,送给了那孩子,随后又拿了一个,给那呆呆地望着的小的孩子。

"唔,你的衣服真好看!又红又绿!"他说着就去摸大的孩子的前胸。

"妈妈给我做的,弟弟也有一件!"孩子一面咀嚼着,一面高兴地说。他和阿长早已相熟了。

"但你的弟弟没有项圈。"阿长说着就去摸他的项圈。

项圈又光又滑,在他的手中不息地转动着,不由得他的手,起了颤动。这是他有生以来第一次触着这个可爱的东西。

智慧立时发现在他的脑里。他有了主意了。

"啊,你的鞋子多么好看!比你弟弟的还好!那个——谁做给你的呢?穿了——几天了?好的,好的!比什么人都好看!鞋上是什么花?菊花——月季花吗?……"他一面说着,一面就把项圈拉大,从孩子的颈

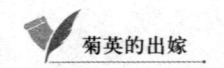

上拿了出来,塞进自己的怀里。孩子正低着头快活地看着自己的鞋,一面咕噜着,阿长没有注意他的话,连忙收起盘子走了。

他不想再卖饼子,只是匆匆地走着,不时伸手到衣服里去摸那项圈。手触着项圈,在他就是幸福了。他想着想着,但不知想的什么,而脚带着他在史家桥绕了一个极大的圈子,他自己并不知道。这在他是琐事,他完全不愿意去注意。

一种紧急的步声,忽然在他的耳内响了,他回转头去看,一个男子气喘喘地追了上来。那确像孩子的叔叔,面上有一个伤疤,名字叫做万福。

阿长有点惊慌了。他定睛细看,面前还是史家桥,自己还没有走过那条桥。

"这是怎么一回事呀?走了这许久还在这里!"他想。

但正当他这样想的时候,他的头上的盘子扑的被打下了。万福已扯住了他的前胸。

"贼骨头!"愤怒的声音从万福的喉间迸了出来,同时就是拍的一个耳光,打在阿长的脸上。

"怎么啦?"

"问你自己!"万福大声说着又是拍的一个耳光。

阿长觉得自己的脸上有点发热了。他细看万福,看见他粗红的脸,倒竖的眉毛,凶暴的眼光,阔的手掌,高大的身材。

"还我项圈!"万福大声的喊着。

"还给你!……还给你!"阿长发着抖,满口答应着,就从怀里揣了出来。

"但你赔我大饼!"阿长看看地上的饼已踏碎了一大半,不禁起了惋惜。

"我赔你!我赔你!瘟贼!"万福说着,把项圈往怀一塞,左手按倒阿长,右手捻着拳,连珠炮似的往阿长的背上、屁股上打了下去。

"捉着了吗?打!打死他!"这时孩子的母亲带着几个女人也来了。她们都动手打起来。万福便跨在他的头上,两腿紧紧的夹住了他的头。

"饶了罢!饶了罢!下次不敢了!"

打的人完全不理他,只是打。阿长只好服服贴贴的伏在地上,任他们摆布了。

但智慧是不会离开阿长的脑子的。他看看求饶无用,便想出了一个解围的计策。

"阿呀!痛杀!背脊打断了!腰啦!脚骨啦!"他提

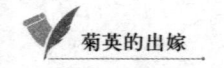

高喉咙叫喊起来，哭丧着声音。

"哇……哇！哇……哇哇！"从他的口里吐出来一大堆的口水。

同时，从他的裤里又流出来一些尿，屁股上的裤子顶了起来，臭气冲人的鼻子，——屎也出来了！

"阿呀！打不得了！"妇人们立刻停了打，喊了起来，"尿屎都打出了，会死呢！"

连万福也吃惊了。他连忙放了阿长，跳了开去。

但阿长依然伏在地上，发着抖，不说一句话，只是哇哇的作着呕。

"这事情糟了！"万富嫂说，牵着一个妇人的手倒退了几步。

"打死是该的！管他娘！走罢！"万福说。

但大家这时却走也不好，不走也不好，只得退了几步，又远远的望着了。

阿长从地上侧转头来，似乎瞧了一瞧，立刻爬起身来，拾了空盘，飞也似的跑着走了。一路上还落下一些臭的东西。"嘿！你看这个贼骨头坏不坏！"万福叫着说，"上了他一个大当！"

于是大家都哈哈大笑了。

在笑声中,阿长远远地站住了脚,抖一抖裤子,回转头来望一望背后的人群,一眼瞥见了阿芝的老婆露着两粒突出的虎牙在那里大笑。

"我将来报你的恩,阿芝的老婆!"他想着,又急促的走了。

约有半年光景,阿长没有到史家桥去。

他不再卖大饼,改了行,挑着担子卖洋油了。

一样的迅速,不到两个月,他的两肩非常适合于扁担了。沉重的油担在他渐渐轻松起来。他可以不用手扶持,把担子从右肩换到左肩,或从左肩换到右肩。他知道每一桶洋油可以和多少水,油提子的底应该多少高,提子提很快,油少了反显得多,提得慢,多了反显得少。他知道某家门口应该多喊几声,他知道某家的洋油是到铺子里去买的。他挑着担子到各处去卖。但不到史家桥去。有时,偶然经过史家桥,便一声不响的匆匆地穿过去了。

他记得,在史家桥闯过祸。一到史家桥,心里就七上八下的有点慌张。但那时到底是怎么一回事,为什么会闯了这样的大祸,是谁的不是呢?——他不大明白。就连那时是哪些人打他,哪个打得最凶,他也有点模糊

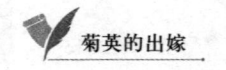

了。他只记得一个人：露着两粒突出的虎牙，在背后大笑的阿芝的老婆！这个印象永久不能消灭！走近史家桥，他的两眼就发出火来，看见阿芝的老婆露着牙齿在大笑！

"我将来报你的恩！"他永久记得这一句话。

"怎样报答她呢？这个难看的女人！"他时常这样的想。

但智慧不在他的脑子里长在，他怎样也想不出计策。

"卖洋油的！"

一天他过史家桥，忽然听见背后有女人的声音在叫喊。他不想在史家桥做生意，但一想已经离开村庄有几十步远，不能算是史家桥，做一次意外的买卖也可以，便停住了。

谁知那来的却正是他的冤家——阿芝的老婆！

阿长心里有点恐慌了，走也不好，不走也不好，只是呆呆地望着阿芝的老婆。

阿芝的老婆似也有点不自然，两眼微微红了起来，显然先前没有注意到这是阿长。

"买半斤洋油！"她提着油壶，喃喃的说。

"一百念！"阿长说着，便接过油壶，开开盖子，放上漏斗，灌油进去。

"怎样报复呢?"他一面想着,一面慢慢的提了给她。但智慧还不会上来。

"唅唅!还有钱!"阿芝的老婆完全是一个好人,她看见阿长挑上了担子要走,忘记拿钱便叫了起来,一只手拖着他的担了,一只手往他的担子上去放钱。

在这俄顷间,阿长的智慧上来了。

他故意把肩上的担子往后一掀,后面的担子便恰恰碰在阿芝老婆的身上。碰得她几乎跌倒地上,手中的油壶打翻了。担子上的油泼了她一身。

"啊呀!"她叫着,扯住了阿长的担子。"不要走!赔我衣裳!"

"好!赔我洋油!谁叫你拉住了我的担子!"

"到村上去评去!"阿芝的老婆大声的说,发了气。

阿长有点害怕了。史家桥的人,在他是个个凶狠的。他只得用力挑自己的担子。但阿芝的老婆是有一点肉的,担子重得非常,前后重轻悬殊,怎样也走不得。

"给史家桥人看见,就不好了!"他心里一急,第二个智慧又上来了。

他放下担子,右手紧紧的握住了阿芝老婆攀在油担上的手,左手就往她的奶上一摸。阿芝老婆立刻松了手,他就趁势一推,把她摔在地上了。

十分迅速的,阿长挑上担子就往前面跑。他没有注意到阿芝老婆大声的叫些什么,他只听见三个字:

"贼骨头!"

阿长心里舒畅得非常。虽然泼了洋油,亏了不少的钱,而且连那一百念也没有到手,但终于给他报复了。这报复,是这样的光荣,可以说,所有史家桥人都被他报复完了。

而且,他还握了阿芝老婆的肥嫩的手,摸了突出的奶!这在他是有生以来的第一次。女人的肉是这样的可爱!一触着就浑身酥软了!

光荣而且幸福。

第三章

有趣呀面孔上的那两块肉——可恼恶狠狠的眼睛——乘机进言——旁观着天翻地覆——冤枉得利害难以做人

阿长喝醉了酒似的,挑着担子回到家里。他心里又好过又难过,有好几天只是懒洋洋的想那女人的事。但他的思想是很复杂的,一会想到这里,一会又想到那里去了。

"女人……洋油……大饼……奶……一百念……贼骨头……碰翻了!……"他这样的想来想去,终于得不到一个综合的概念。

然而这也尽够他受苦的了,女人,女人,而又女人!

厌倦来到他的脑里,他不再想挑着担子东跑西跑了。他觉得女人是可怕的,而做这种生意所碰着最多的又偏偏是女人。于是他想来想去,只有改行,去给撑划子的当副手。他有的是气力。坐在船头,两手扳着桨,上身一仰一俯,他觉得也是一件有趣的事。

新的行业不久就开始了。

和他接触的女人的确少了一大半。有时即使有女人坐在他的船里,赖篷舱的掩遮,他可以看不见里面的人了。

但虽然这样,他还着了魔似的,还不大忘情于女人。他的心头常常热烘烘的,像有滚水要顶开盖子,往外冲了出来一般,——尤其是远远地看见了女人。

其中最使他心动的,莫过于堂房妹妹,阿梅这个丫头了!

她每天坐在阿长所必须经过的大门内,不是缝衣就是绣花。一到大门旁,阿长的眼光就不知不觉的射到阿

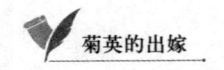

梅的身上去。

她的两颊胖而且红，发着光。

他的心就突突跳了起来，想去抱她。想张开嘴咬下她两边面颊上的肉。

在她的手腕上，有两个亮晶晶地发光的银的手镯。

"值五六元！"阿长想，"能把这丫头弄到手就有福享了——又好看又有钱！"

但懊恼立时上来了。他想到了她是自己的族内人，要成夫妻是断断做不到的。

懊恼着，懊恼着，一天，他有了办法了。

他从外面回来，走到阿梅的门边，听见了一阵笑声。从玻璃窗望进去，他看见阿梅正和她的姊夫并坐在床上，一面吃着东西，满面喜色，嘻嘻哈哈的在那里开玩笑。

"我也暗地里玩玩罢！"阿长想。

他开始进行了。

头几天，他只和她寒暄，随后几天和她闲谈起来，最后就笑嘻嘻的丢过眼色去。

但阿梅是一个大傻子，她完全不愿意，竟露着恶狠狠的眼光，沉着脸，转过去了。

这使他难堪,使他痛苦,使他着恼。他觉得阿梅简直是一个不识抬举的丫头,从此便不再抬起头来,给她恩宠的眼光了。

阿梅有幸,她的父母很快的就给她找到了别的恩宠的眼光,而且过了两个月,完全把阿梅交给幸福了。

他是一个好休息的铜匠,十天有九天不在店里,但同时又很忙,每夜回家总在十二点钟以后。阿才赌棍是他的大名。他的家离易家村只有半里路。关于他的光荣的历史,阿长是知道得很清楚的。他最不喜欢他左颊上一条小刀似的伤疤。他觉得他的面孔不能再难看了。

"不喜欢人,却喜欢鬼!"阿长生气了,他亲眼看着阿梅打扮得花枝招展的,头上插着金黄的钗,两耳垂着长串的珠子,手腕上的银镯换了金镯,吹吹打打的抬了出去。

"拆散你们!"阿长怒气冲冲的想。

但虽然这样想着,计策却还没有。他的思想还只是集中在红而且胖的面颊,满身发光的首饰上。

"只这首饰,便就够我一生受用了!"他想。

一天上午,他载客到柳河头后,系着船,正在等候

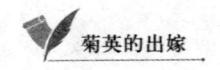

生意的时候，忽然看见阿才赌棍穿得斯斯文文，摇摇摆摆的走过岭来。阿长一想，这桩生意应该是他的了。于是他就迎了上去，和阿才打招呼。阿才果然就坐着他的船回家，因为他们原是相熟的，而现在，又加入一层亲戚的关系了。

"你们到此地有一会了罢？"阿才开始和阿长攀谈了。

"还不久。你到哪里去了来？"阿长问。

"城里做客，前天去的。"

"喔！"

"姑妈的女昨天出嫁了。"

"喔！"

"非常热闹！办了二十桌酒！"

"喔，喔！"

阿长一面说着，一面肚子里在想办法了。

"你有许久不到丈人家里去了罢！"阿长问。

"女人前几天回去过。"

"是的，是的，我看见过！——胖了！你的姨丈也在那里，他近来也很胖。有一次——他们两人并坐在床上开玩笑，要是给生人看见，一定以为是亲兄妹喽！"

"喔！"阿才会意了。"你亲眼看见的吗？"

"怎么不是？一样长短，一样胖……"阿长说到这里停止了。智慧暗中在告诉他，话说到这里已是足够。

阿才赌棍也沉默了。他的心中起了愤怒，脸色气得失了色，紧紧咬住了上下牙齿。在他的脑中只旋转着这一句话："他们并坐在床上开玩笑！"

懒洋洋地过了年，事情就爆发了。

那天正是正月十二日，马灯轮到易家村。阿梅的父母备了一桌酒席，把两个女婿和女儿都接了来看马灯。大家都很高兴，只有阿才看见姨丈也在，心里有说不出的痛苦。他想竭力避开他，但坐席时大家偏偏又叫他和姨丈并坐在一条凳上。阿才是一个粗货，他喝着酒，气就渐渐按捺不住，冲上来了。他喝着喝着，喝了七八分酒，满脸红涨，言语杂乱起来。

"喝醉了，不要喝了罢！"阿梅劝他说，想动手去拿他的酒杯。

"滚开！屎东西！"阿才睁着凶恶的两眼，骂了起来，提起酒杯就往阿梅的身上摔了过去，泼得阿梅的缎袄上都是酒。

一桌的人都惊愕了。

"阿才醉了！快拿酱油来！"

菊英的出嫁

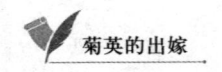

但阿才心里却清醒着,只是怒气按捺不住,索性一不做二不休,便佯装着酒醉,用力把桌子往对面阿梅身上推了过去。"婊子!"

一桌的碗盆连菜带汤的被他推翻在地上,连邻居们都听见这声音,跑出来了。

"你母亲是什么东西呀!"阿才大声的叫着说,"你父亲是什么东西呀!哼!我不晓得吗?不要脸!……"

"阿才,阿才!"阿梅的父亲走了过去,抱着他,低声下气的说,"你去睡一会罢!我们不好,慢慢儿消你的气!咳咳,阿才,你醉了呢!自己的身体要紧!先吃一点醒酒的东西罢!"

"什么东西!你是什么东西!我醉了吗?一点没有醉!滚开!让我打死这婊子!"他说着提起椅子,想对阿梅身上摔去,但别人把他夺下了,而且把他拥进了后房,按倒在床上。

这一天阿长正在家里,他早已挤在人群中观看。大家低声的谈论着,心里都有点觉得事出有因,阿才不像完全酒醉,但这个原因,除了阿长没有第二个人明白。

"生了效力了!"阿长想。

许久许久,他还听见阿才的叫骂,和阿梅的哭泣。他不禁舒畅起来,走了。

但是这句话效力之大,阿长似乎还不曾梦想到:一个月,两个月,三个月……这祸事愈演愈大了。阿才骂老婆已不仅在酒醉时,没有喝酒也要骂了;不仅在夜里关了门轻轻的骂,白天里当着大众也要骂了;不仅骂她而且打她了,不仅打她,而且好几次把她关禁起来,饿她了;好几次,他把菜刀磨得雪亮的在阿梅的眼前晃。阿梅突然憔悴了下来,两眼陷了进去,脸上露着许多可怕青肿的伤痕,两腿不时拐着,随后亲家母也相打起来,亲家翁和亲家翁也相打起来,阿梅的兄弟和阿才的兄弟也相打起来——闹得附近的人都不能安静了。

阿才是一个粗货,他的嘴巴留不住秘密,别的人渐渐知道了这祸事的根苗,都相信是阿长有意捣鬼,但阿才却始终相信他的话是确实的。

"是阿长说的!"有一天,阿才在丈人家骂了以后,对着大众说了出来。

"拖这贼骨头出来!"阿才的丈人叫着,便去寻找阿长。

但阿长有点聪明，赖得精光。阿才和阿梅的一家人都赶着要打他，他却飞也似的逃了。

那时满街都站满了人，有几个和阿梅的父亲要好的便兜住了阿长。

易家村最有权威的判事深波先生这时正站在人群中。阿梅的父亲给了阿长三个左手巴掌，便把他拖到深波先生的面前，诉说起来。

"我一句话也没有说过！天在头上！冤枉得好利害！我不能做人了！"阿长叫着说。

深波先生毫不动气的，冷然而带讥刺的说：

"河盖并没有盖着！"

这是一句可怕的话，阿长生长在易家村，完全明白这句话的意思：不能做人——跳河！

"天呀！我去死去！"阿长当不住这句话，只好大叫起来，往河边走去。

没有一个人去扯他。

但阿长的脑子里并不缺乏智慧。他慢慢的走下埠头，做出决心跳河的姿势，大叫着，扑了下去。

"死一只狗！"河边的人都只转过身去望着，并不去救他，有几个还这样的叫了出来。

"呵哺——呵哺！天呀！冤枉呀！呵哺——呵——哺！"

岸上的人看见阿长这样的叫着，两手用力的打着水，身子一上一下的沉浮着，走了开去。——但并非往河的中间走，却是沿着河塘走。那些地方，人人知道是很浅的，可以立住脚。

"卖王了！卖王了！"岸上的人都动了气，拾起碎石，向阿长摔了过去。

于是阿长躲闪着，不复喊叫，很快的拨着水往河塘的那一头走了过去，在离开人群较远的地方，爬上了岸，飞也似的逃走。

他有三天不曾回来。随后又在家里躺了四五天，传出来的消息是阿长病了。

第 四 章

其乐融融——海誓山盟——待时而动——果报分明

阿长真的生了病吗？——不，显然是不会的。他是贼骨头，每根骨头都是贱的。冷天跳在河里，不过洗一澡罢了。冻饿在他是家常便饭。最冷的时候，人家穿着

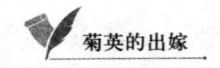

皮袄，捧着手炉，他穿的是一条单裤，一件夹袄。别人吃火锅，他吃的是冷饭冷菜。这样的冬天，他已过了许多年。他并非赚不到钱，他有的是气力，命运也并不坏，生意总是很好的。但一则因为他的母亲要给他讨一个老婆，不时把他得来的钱抽了一部分去储蓄了，二则他自己有一种嗜好，喜欢摸摸牌，所以手头总是常空的。其实穿得暖一点，吃得好一点，他也像别的人似的，有这种欲望。——这可以用某一年冬天里的事情来证明：

那一年的冬天确乎比别的冬天特别要寒冷。雪先后落了三次。易家村周围的河水，都结了坚厚的冰，可以在上面走路了。阿长做不得划船的买卖，只好暂时帮着人家做点心。这是易家村附近的规矩，每年以十一月至十二月，家家户户必须做几斗或几石点心。这是有气力的人的勾当，女人和斯文的人是做不来的。阿长是一个粗人，他入了伙，跟着别人穿门入户的去刷粉，舂粉，捏厚饼，印年糕。

有一天点心做到邻居阿瑞婶家里，他忽然起了羡慕了。

阿瑞婶家里陈设得很阔气，满房的家具都闪闪地发着光，木器不是朱红色，就是金黄色，锡瓶和饭盂放满了橱顶，阿瑞婶睡的床装着玻璃，又嵌着象牙，价值总在一百五六十元。她原是易家村二等的人家。阿瑞叔在附近已开有三爿店铺了。

阿长进门时，首先注意到衣橱凳上，正放着一堆折叠着的绒衣。

"绒衣一定要比布衣热得多了。"阿长一面做点心，一面心里羡慕着。绒衣时时显露在他的眼前。他很想去拿一件穿。

但那是放在房里，和做点心的地方隔着一间房子。

他时时想着计策。

于是过了一会，智慧上来了。

他看见阿瑞婶的一家人都站在做点心的地方，那间房里没有了人了。他看好了一个机会，徉装着到茅厕去，便溜了开去。走到那向房子，轻轻的跨进门，就在衣橱凳上扯了一件衣服，退出来往茅厕里走。

茅厕里面没有一个人。

他很快的脱下自己的衣服，展开绒衣穿了上去。

忽然，他发现那衣服有点异样了。

扣子不在前胸的当中，而是在靠右的一边。袖子大

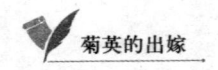

而且短。没有领子。衣边上还镶着红色的花条。

"咳咳，倒霉倒霉！"阿长知道这是女人的衣服了。

他踌躇起来。

女人的衣服是龌龊的，男子穿了，就会行三年磨苦运！

"不要为是！"

他这样想着，正想把它脱下时，忽然嗅到了一种气息，异样的女人的气息：似乎是香的！

他又踌躇了。

他觉得有一个女人在他的身边：赤裸裸的抱着他，满身都是香粉香水！

他的魂魄飘漾起来了。

"阿长！快来！"

他听见这样的喊声，清醒了。他不愿把这衣服脱下。他爱这衣服。很快的，罩上了自己的夹衣，他又回去安详的做起点心来。

工作舒畅而且轻易，其乐融融。

中午点心做完，阿长回了家。但到了三点钟，阿瑞婶来找阿长了。

"你是有案犯人！"阿瑞婶恶狠的说。

"我看也没有看见过!"

于是阿瑞婶在他的房里搜索了。她有这权,虽然没有证据,因为阿长是有案犯人。

"偷了你的衣服,不是人!"阿长大胆的说。他是男人,阿瑞婶是女人,他想,显然是不会往他的身上找的。

"没有第二个贼骨头!"

"冤枉!天知道!"阿长叫着说,"我可以发誓,我没有拿过!"

"你发誓等于放狗屁!敢到庙里对着菩萨发誓,我饶你这狗命!"

阿长一想,这事情不妙。到庙里去发誓不是玩的,他向来没有干过。

"在这里也是一样!"

"贼骨头!明明是你偷的!不拿出来,我叫人打死你!"

这愈加可怕了。阿长知道,阿瑞婶店里的伙计有十来个,真的打起来,是不会有命的。

"庙里去也可以。"他犹豫的说。

"看你有胆子跪下去没有!"

阿长只好走了。许多人看着,他说了走,不能不走。

"走快！走快！"阿瑞婶虽是小脚，却走得比阿长还快；只是一路催逼阿长。

远远看见庙门，阿长的心突突的跳了。

很慢的，他走进了庙里。

菩萨睁着很大的眼睛，恶狠狠的望着阿长。

"跪下去，贼骨头！"阿瑞婶叫着说。

阿长低下头，不做声了。他的心里充满着恐怖，脑里不息的在想挽救的方法。

"不跪下去，——打死你！"阿瑞婶又催逼着说。

阿长的智慧来了，他应声跪了下去。

他似乎在祷祝，但一点没有声音，只微微翕着两唇，阿瑞婶和旁看的人并没有听见。

"说呀！发誓呀！"阿瑞婶又催了。

"好！我发誓！"阿长大声的叫着说，"偷了你的衣服——天雷打！冤枉我——天火独间烧！"

这誓言是这样的可怕，阿瑞婶和其余的人都失了色，倒退了。

"瘟贼！"

阿长忽然听见这声音，同时左颊上着了一个巴掌。他慢慢的站了起来，细看打他的人，却是阿瑞婶店里的一个账房。论辈分,他是阿长的叔叔。阿长一想,他虽然是一个文人,平常也有几分气力,须得看机会对付。

"发了誓,可以饶了罢!"阿长诉求似的说。

"不饶你,早就结果你这狗命了!"那个叔叔气汹汹的说,"你犯了多少案子!谁不知道!"

"我改过做人了!饶了……我……罢!"

阿长这样的说着,复仇的计策有了,他蹲下身去,假装着去拔鞋跟,趁他冷不防,提起鞋子,就在他左颊上拍的一个巴掌,赤着一只脚,跑着走。

"我发了誓还不够吗?你还要打我!"阿长一面跑一面叫着。

他的叔叔到底是一个斯文人,被阿长看破了,怎么也追他不上。

阿长从别一条小路跑到家里,出了一身大汗,身上热得不堪。他立刻明白,非脱掉这件绒衣不可了!他已不复爱这件衣服。他有点怪它,觉得不是它,今日的祸事是不会有的。而这祸事直至这时仿佛还没有完结:一则阿瑞婶丢了衣服决不甘心,二则那个账房先生受了打,难免找他算帐。这都不是好惹的。

智慧涌到他的脑里,他立刻脱下绒衣,穿上自己的

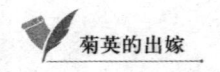

夹衣，挟在衣服下，走了出去。

阿瑞婶的房子和他的房子在一条巷堂里。果然如他所料，他们都是由大路回来，这时正在半路上。果然阿瑞婶家里没有一个人，果然阿瑞婶家里的门开着。

于是阿长很快的走进了房里，把绒衣塞在阿瑞婶床上被窝里，从自己的后墙，爬到菜地里，取别一条路走了。

他有五六天没有回家。

阿瑞婶当夜就宽恕了他，因为绒衣原好好的在自己被窝里。

但神明却并不宽恕阿瑞婶。果报分明，第三天夜里几乎酿成大祸了。

她的后院空地里借给人家堆着的稻草，不知怎的忽然烧了起来。幸亏救得快……

第 五 章

美丽的妻室——体贴入微——二次的屈服——最后的胜利

阿长真使人羡慕！他苦到二十八岁苦出头了！这就是他也有了一个老婆！非常的美丽！她的面孔上雕刻着花纹，涂了四两花粉还不厌多，真是一个粉匣子！头发是外国式的，松毛一样的黄，打了千百个结，鬈屈着。从耳朵背后起一直到头颈，永久涂着乌黑的粉。眼皮上涂着胭脂，血一般红。鼻子洞里常粘着浆糊。包脚布从袜洞里拖了出来。走起路来，鞋边着地，缓而且慢。"拖鸡豹"是她的芳名！

感谢他的母亲，自阿长的父亲死后，忍冻受饥，辛苦了半生，积了一百几十元钱，又东挪西扯，才给了他这个可爱的妻子！

阿长待她不能再好了。在阿长看起来，她简直是一块宝玉。为了她，阿长时常丢开了工作，在家里陪伴她。同她在一起，生活是这样的快乐：说不出的快乐！

阿长不时从别的地方带来许多雪花膏，香粉，胭脂，香皂，花露水给她。他母亲叫她磨锡箔，但阿长不叫她磨，他怕她辛苦。煮起饭来，阿长亲自烧火，怕她烧了头发。切起菜来，阿长自己动手，怕她砍了指头。夜里，自己睡在外边，叫她睡在里边，怕她胆小。

"老婆真好！"阿长时常对人家这样的称赞说。

的确，他的老婆是非常的好的。满村的人知道：她好，好，好，好的不止一个！

例如阿二烂眼是一个，阿七拐脚是二个，化生驼背

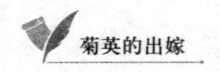

是三个,……

阿长是聪明人,他的耳朵灵,一年后也渐渐知道了。于是智慧来到他的脑里,他想好了一种方法。

一天,他对他的妻子说,要送一个客到远处去,夜里不回来了。这原是常有的事,他的妻子毫不怀疑。

但到了夜里十点钟,他悄悄的回家了。

他先躲在门外倾听。

屋内已熄了灯,门关着。

他听见里面喃喃的低微的语声。他的耳朵不会背叛他,他分别出其中有阿二烂眼。

"有趣!……真胖呀!……"他隐隐约约听见阿二的话。

他不禁愤怒起来,两手握着拳,用力的敲门了:蓬蓬蓬!

"谁——呀?"他的妻子带着惊慌的音调,低声的问。

阿长气得回答不出话来,只是用力的敲门:

蓬莲蓬!蓬蓬蓬!……

"到底是谁呀?"阿长的妻子含着怒气似的问,"半夜三更人家睡了还要闹!"

"开不开呀?敲破这门!"

里面暂时静默了。阿长的妻子显然已听出了声音。

"是鬼是人呀？说了才开！"她接着便这样的问，故意延宕着。

"丑婢子！我的声音还听不出吗？"阿长愤怒的骂了。

"喔喔！听出了！等一等，我来开！"他的妻子一半生气，一半恐慌的说，"说不回来，又回来了！这样迟！半夜起来好不冷！"

阿长听见他的妻子起来了。他的胸中起了火，预备一进门就捉住阿二烂眼，给他一个耳光。

"瘟虫！又偷懒回来了！不做生意，吃什么呀？"他的妻子大声的咕噜着，蹬着脚，走到了门边。

"做得好事！"阿长听见她拔了栓，用力把门推开了半边，站在当中抵住了出路，骂着就是一个耳光，给他的妻子。

"怎么啦！你不做生意还打人吗？"

阿长的妻子比阿长还聪明，她说着把阿长用力一拖，拖到里面了。

房中没有点灯，阿长看不见一个人，只看见门口有光的地方，隐约晃过一个影子。

阿长知道失败了。他赶了出去，已看不见一点踪迹。

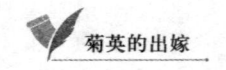

"丑婊子！做得好事！"他骂着，拍的在他妻子的面孔上又是一个耳光。"偷人了！"

于是阿长的妻子号淘大哭了。

"天呀！好不冤枉！……不能做人了！……"

她哭着，蹬着脚，敲着床。闹得阿长的母亲和邻居们都起来调解了。

"捉贼捉赃，捉奸捉双！你得了什么凭据呀！"她哭着说。

阿长失败了。他只有向她赔罪，直赔罪到天亮。

但阿长不甘心，他想好了第二个方法。

费了两天断断续续的工夫，他在房顶上挖了一个洞。那上面是别家堆柴的地方，不大有人上去。他的妻子不时到外面去，给了他很好的机会。他只把楼板挖起二块，又假盖着。在那里预备好了两根粗绳：一根缒自己下房里，一根预备带下去捆阿二烂眼。

他先给了她信用：好几次说夜里不回来，就真的不回来了。

一天夜里，他就躲到楼上等候着。

阿二烂眼果然又来了。

他听着他进门，听着他们切切的私语，听着他们熄了灯,上床睡觉。直至他们呼呼响起来,阿长动手了。

他很小心的掀起楼板,拴好了绳子,慢慢缒了下去……

"捉贼!捉贼!"

阿长快要缒下地,忽然听见他妻子在自己的身边喊了起来,同时,他觉得自己的颈项上被绳捆着了。他伸手去摸,自己已套在一只大袋里。

"捉住贼了!捉住贼了!"他的妻子喊着,把他头颈上的绳子越抽越紧,抽得他几乎透不过气来,紧紧的打了两个结。

灯点起时,阿长快昏过去了。

他的脚没有着地,悬空的吊在房里。

许多人进来了。

呵,原来是阿长!赶快放了他!

阿长的妻子号啕大哭了!她不愿再活着。她要跳河去!

于是阿长第二次失败了。他又只好赔罪,直赔罪到天亮。

但最后的胜利,毕竟是属于阿长的,因为他有特别的天才。过了不久,果然被他捉着一双了!

那是他暗地里请了许多帮手，自己先躲在床底下，用里应外合的方法。

这一次，捉住了两个赤裸裸的人！

然而有幸的是阿二烂眼，不幸的是阿七拐脚！他替代了阿二出丑！

在他们身上，阿长几乎打烂了一双手！

全村的人都知道这件事情，大家不禁对阿长起了相当的佩服。

但阿长是念善经的人的儿子，他的心中不乏慈悲，终于饶恕了自己的妻子。

他的妻子从此也怕了他，走了正路，不做歹事了。

第 六 章

慈母早弃哀痛成疾——鬼差误捉遭了一场奇祸——中途脱逃又受意外之灾

阿长的母亲真是一个不能再好的人了。她为了阿长，受尽了甜酸苦辣。在他父亲脾气最坏的时期中，她生了阿长。那时她连自己的饭也吃不饱，却还要喂阿长。当阿长稍稍可以丢开的时候，她就出去给人家做短工，洗衣，磨粉。夜里回来磨锡箔，补衣服，直至半夜，五更起来给他预备好了一天的饭菜。阿长可以独睡在家的时候，她就出去给人家长做，半月一月回家一次。她的工钱是很少的，每月不过一元或一元二角。但她不肯浪化一文，统统积储起来了。因此，当阿长的父亲死时，她有钱买棺材，也有钱给他超度。阿长这一个妻子可以说是她的汗血换来的！她直做到五十八岁，断气前一个月。家里只有两间房子，连厨房在内。阿长有了老婆，她就让了出来，睡在厨房里，那里黑暗而且狭小，满是灰尘，直睡到死。

她不大打骂阿长，因为她希望阿长总有一天会变好的。

"咳，畜生呀畜生！脾气不改，怎样活下去呀！"阿长做错了事情，她常常这样唉声叹气的说，这"畜生"两字，从她口里出来很柔和，含着自己的骨肉的意思。"坏是不要紧的，只要能改！我从前年轻时走的路也并不好！……"

听着他母亲的劝告，阿长只会低下头去，说不出一句话来。

他母亲不常生病，偶然病了，阿长便着了急，想了种种方法去弄可口的菜来给她吃。

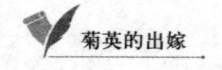

她最后一次的病，躺了很久，阿长显然失了常态了。

他自己的面色也渐渐青白起来，言语失了均衡，不时没有目的的来往走着，一种恍惚的神情笼罩了他。

随后他也病倒了。他的病跟着他母亲的病重起来，热度一天比一天高，呓语说个不休。

"妈，我跟着你去！"

一天下午，他突然起了床，这样的说着，解下裤带，往自己的颈上套了。

那时旁边站着好几个人，都突然惊骇起来，不知怎样才好。

他的妈已失了知觉，僵然躺在床上，只睁着眼，没有言语。

阿长的舅舅也站在旁边，他是预备送他姊姊的终来的。他一看见阿长要上吊，便跳了起来，伸出左手，就是拍拍的三个巴掌：

"畜生！"他骂着说，"要你娘送你的终吗？"

阿长哄然倒下了，从他的口中，吐出来许多白的沫。他喃喃的说着：

"啊，是吗？……娘西匹！……割下你的头……啊，这么大！……这么大！……我姓陈……阿四……啊呀！

我不去……我不去！……吓杀我了，吓杀我了！……"

"阿长！阿长！"旁边的人都叫了起来，他的妻子便去推扯。

"啊，不要扯我！……我怕……我不去………饶了我罢！……"阿长非常害怕的伸着两手，推开什么东西的样子。他的两眼陷了进去，皱着面孔，全身发着抖。

这样的继续了很久，随后又不做一声的躺着了。

但不久，他大笑了。

"哈哈哈！……不要客气……四角……对不住，对不住……哈哈哈！……来吗？……"

大家都非常担忧，怕他活不下去，又恐怕他母亲醒过来，知道阿长的病势。于是大家商议，决定暂时把阿长放到楼上的柴间里去，让他的母亲先在房间里断气。他们相信，阿长的母亲就要走的，阿长怎样的快，也不会在她之先。

"妈！妈！……带我去！……"阿长不时在楼上叫着说，好几次想爬了起来，但终于被别人按住了。

到了晚上八点钟光景，楼下的哭声动了。

阿长的母亲已起了程。

在楼上照顾阿长的人也都跑了下去，暂时丢开了

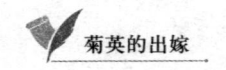

阿长，因为阿长那时正熟睡着。照规矩，阿长是应该去送终的，但他的病势既然这样的危险，也只有变通着办了。他母亲不能得他送终，总是前生注定的。

过了许久，底下的人在忙碌中忽然记到阿长了。

但等人跑上楼去，阿长已不在那里！

他到哪里去了呢，阿长？

没有谁知道！

大家惊慌了！因为他曾经寻过短见！他说他是要跟着他母亲一块去的！

到处寻找，没有阿长的踪迹。

一个十几岁的孩子说，他看见一个人，好像是阿长，曾在屋上爬过，经过几家的楼窗，——张望，往大门上走了去……

这显然是阿长去寻短见了！

大家便往大门外，河边，街上去寻找。

但那些地方都没有踪迹。

只有一个住在河边的人说，他曾经听见河边扑通的响了一声，像一块很大的石头丢下水中……

呵，阿长投河了！显然是投河了！

纷乱和扰攘立刻迷漫了易家村，仿佛落下了一颗陨星一般。他们都非常的惊异，想不到阿长这样坏的一个人，竟是一个孝子！以身殉母的孝子！这样的事情，在易家村还不曾发生过！不，不，连听也不曾听见过，在这些村庄上！

第二天，许多人顺着河去寻阿长的尸首，不看见浮上来。几个人撑着船去打捞，也没有捞到什么。附近树林和义冢地也找不见踪迹。

阿长已经不见了，他没有亲叔伯，没有亲兄弟，亲姊妹，阿长母亲已躺在祖堂里，这收殓出葬的大事便落在他舅舅的身上了。阿长没有积储什么钱，就有，也没有交给谁。这个可怜的母亲到死时只剩了十元自己的血汗钱。她又没有田或屋子可以抵卖，而阿长的舅舅的情形也半斤等于八两。没有办法，只有草草收殓，当日就出葬了。她已绝了后代，没有儿子，也没有孙子，过继是不会有人愿意的，可怜的女人！好好的超度，眼看做不到，只有请两个念巫代替和尚罢！至于落殓酒，送丧酒自然也只好请族人原谅，完全免去，因为两次照例的酒席费实在没有人拿得出。谁肯给没有后代的人填出三四十元钱来？以后向谁讨呢？阿长的老婆决不会守一生孤孀！

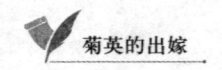

于是他母亲的事情就在当天草草的结束了。

冷落而且凄凉。

第三天清晨,天刚发亮,种田的木生的老婆提着淘米篮到河边去淘米了。

大门还关着,静悄悄的没有一点声音。

一到门边,她突然叫了起来,回头就跑!

她看见大门边躲着一个可怕的影子!极像阿长!一身泥泞!

"鬼啦!鬼啦!……"她吓得抖颤起来。这显然是阿长的灵魂回来了!

邻居们都惊骇起来,一听见她的叫声。

木生赶出来了。他是一个胆子极大的粗人。他一手拿着扁担,大声的问:

"在哪里?在哪里?"

"不要过去!……阿长的灵魂转来了!……躲在大门边!……"她的老婆叫着说。

木生一点也不害怕,走了拢去。

"张天师在此!"他高声的喊着。

阿长发着抖,蹲下了。他口里颤声的说:

"是我,木生叔!……人!"

木生听见他的话,确像活人的声音,像子也一点没有改变,他有点犹疑了。他想,阿长生病的时候原是有点发疯,或许真的没有死。于是他拿住了扁担,问了:

"是人,叫三声应三声!……阿长!"

"噢!"

"阿长!"

"噢!"

"阿长!"

"噢!……真的是人,木生叔!"

木生叔相信了。但他立刻又想到了一个方法。鬼是最怕左手巴掌的,他想,如果是鬼,三个左手巴掌,就会消散。于是他决计再作一次证明。

他走近阿长,拍的就是一个左手巴掌,口里喊一声:

"小鬼!"

阿长只缩了一缩身子,啊呀响了一声。

拍的又是一个巴掌,阿长又只哼了一声,缩了一缩身子。

第三个巴掌又打下去了,阿长仍整个在那里。

"我受不住了,木生叔,可怜我已受了一场大苦!……"

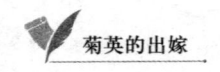

这时大门内的人都已聚在那里。他们确信阿长真的没有死。

阿长的舅舅因为阿长的老婆日后的事还没有排布好,夜里没有回去,宿在邻居的家里。他听见这消息,也赶到了。

他走上去也是拍拍拍三个左手巴掌,随后扯住阿长的耳朵,审问起来:

"那末你到底到哪里去了,说出来!"

阿长发着抖说了:

"昨夜,——前天夜里,舅舅,一个可怕的人把我拖去的……把我拖到河里,按在河底里,灌我烂泥,又把我捆起来,拴在乱石里……我摸了一天河蚌……真大,舅舅,河蚌像甑大,螺蛳像碗大……好些人都在那里摸……我叫着叫着,没有一个人救我……后来我想出了法子,打碎一个蚌壳,割断绳,……逃上岸……走了一夜,才到家……"

许多女人都相信这话是真的。因为阿长的身上的确都是烂泥,面孔,头发上都是。

"这一定是鬼差捉错了!"

"也许是他命里注定要受这场殃!"

但阿长的舅舅却一点也不相信。他摇着头，怒气冲冲的睁着眼睛，说：

"狗屁！全是说谎！解开衣裳看过！"

阿长的舅舅的确了解阿长最深，这也许是他的姊姊生前常常在讲阿长的行为给他听的缘故吧。

在阿长的衣袋里，他找到了铁证：那是一包纸包，一点也没有湿，打开来，里面有十二元钞票！

"瘟东西！真死了还好一点！你骗谁，河里浸了一天一夜，钞票会不湿！连纸包都是干的！你想把这钱藏起来，躲了开去，免得你娘死了，把你的袋口扯大！贼骨头！瘟东西！……"

他提起拳头连珠炮似的打了起来，两脚乱踢起来。许多人围拢来帮着打了，打得阿长走路不得。

但这十二元钞票，最后毕竟属于阿长了。因为虽然人家把它交给了他的老婆，而他的老婆毕竟是他的老婆！

第 七 章

戏语成真黑夜开棺——红绫被翻娇妻遭殃——空手出发别寻新地——阿长阿长

事实证明，阿长这双手有特别的天才。他依靠着

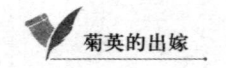

它们，做了许多人家不敢做的事。光荣的纹已深刻地显露在他的两手上。他现在已没有父母，荫庇一点也没有了。家里没有田也没有钱，只有两间破陋的小屋，一道半倒塌的矮场，一扇破洞点点的烂门。饭锅是土做的，缺了口，筷已焦了一头，碗破了一边，凳子断了脚，桌子起了疤。可以说，穷到极巅了。

但他能够活着，能够活下去。

这是谁的功劳呢？

他的手的功劳！

他的手会掘地，会种菜，会耷谷，会舂米，会磨粉，会划船，会砍柴……

易家村极少这样的人物。虽然人人知道他的手不干净，却也缺少他不得。

又例如，易家村死了人，冰冷冷的，谁去给他穿衣呢？——阿长！阴森森的，谁在夜里看守尸首呢？——阿长！臭气冲鼻的，谁去扛着他放下棺材呢？——阿长！

不仅这些，他还学会了别的事情。

"黄金十二两！"

"有！"他答应着，嘭的敲一下铜锣。

"乌金八两！"

"有！"嘭的又敲一下铜锣。

"白米三斗！"

"有！"

"白米四斗！"

"有！"

"白米五斗！"

"有！"

"白米六斗！白米七斗！白米八斗！"

"有！有！有！"他答应一声敲一下，一点也不错误，一点也不迟缓，当入殓的时候。

对着死人，他不吐一口涎不发一点抖。他说着，笑着，做着，仿佛在他的面前躺着的不是死人，是活人。

"啊，爬起来了！"

半夜守尸的时候，常常有人故意这样的吓他，手指着躺在门板上的死人。

"正是三缺一，勿来伤阴德！"他安然笑着说。

"穿得真好啊！绷绉和花缎！"

一次，在守尸的夜里，阿毕鸦片鬼忽然这样的说了起来。

"金戒指不晓得带了去做什么！难道这在阴间也有用

么！"阿长说。

"怎么没有用！"

"压在天门，倒有点可怕！"

"你去拿一只来罢！我做庄家！我不怕！"

"拿一只就拿一只！"阿长随口的说。

"只怕阎吴大王要你做朋友！"

"笑话！剥尸也有方法！"

阿毕鸦片鬼笑了。

"你去剥来！"

"一道去！"

于是认真的商量了。

这一夜守夜的只有三个人，其中的一个，这时正熟睡着。他们两个人切切的密议起来，没有谁听见。

阿毕鸦片鬼是一个光棍，他穷得和阿长差不多。据易家村人所知道，他走的也是岔路。

于是过了三四天，这事情举行了。

夜色非常的朦胧，对面辨不出人。循着田塍，阿长和阿毕鸦片鬼悄悄的向一家出丧才两天的棺材走去，后面远远的跟着阿长的妻子，因为这勾当需要女人的左手。

阿长的肩上背着一根扁担，扁担上挂着一根稻绳，像砍柴的模样。阿毕鸦片鬼代他拿了镰刀,一只麻袋,像一个伴。

不久,到了那棺材旁了。

两个人开始轻轻的割断草绳,揭开上面的草。随后阿长便在田里捻了一团泥土,插上三根带来的香棒!跪着拜了三拜,轻轻祷告着说:

"开门,有事看朋友!"

说完这话,也就站起来,和阿毕鸦片鬼肩着棺盖,用力往上抬。

棺盖豁然顶开了。

那里面躺着一个安静的女人,身上重重叠叠的盖着红绫的棉被。头上扎着黑色的包头,只露出了一张青白的面孔。眼睛,鼻子和嘴巴已陷了进去。

掀开棉被,阿长就叫他的老婆动手。

于是拖鸡豹便走上前,在死人的脸上,拍拍的三个左手巴掌,低声而凶恶的叫着说:

"欠我铜钱还不还?"

尸首突然自己坐起了。因为女人的左手巴掌比什么都厉害。

"还不还?"阿长也叫着说,"还不还?连问三声,不还——就剥！"

三双手同时动手了。

这一夜满载而归……

不久，阿长和阿毕鸦片鬼上了瘾了。那里最多金戒指，银手镯，玉簪，缎衣，红绫被。地点又多半在野外，半夜里没有人看见，安静地做完了事，重又把稻草盖在上面，一点不露痕迹。

没有什么买卖比这更好了！

安稳而且厚利。

但一次，事情暴露了。

一处处人家，看见棺材旁脱落了许多稻草，疑惑起来，仔细观察，棺材上的稻草有点紊乱，再看时，棺材盖没有合口。

一传十，十传百，传了开去，许多人都惊疑起来，细细地去观察自己家里人的棺材。

有好几家，发现棺材口边压着一角棉袍或衣裳……

有一家，看见半只赤裸裸的手臂拖在外面，棺盖压着……

一天下午，阿长正在对河的火烧场里寻找东西，忽然看见五六个背着枪的警察往自己的大门内走了进去，后面跟着一大群男女。

阿长知道事情有点不妙了。他连忙在倒墙和未曾烧光的破屋中躲了起来,他只用一只眼睛从破洞里张望着。

对河的人越聚越多,都大声的谈论,一片喧嚷。

不久,人群两边分开,让出一条路,警察簇拥着他的妻子走了出来。一个警察挟着一条红绫的被,那正是阿长最近剥来的东西。

呵,阿长的老婆捉去了!阿长所心爱的老婆!

没有什么事比这更伤心了,阿长看着自己的老婆被警察绳捆索绑的捉了去。

他失了心似的,在附近什么地方躲了两天,饭也没有吃。

过了三天,易家村又骚动起来,街路上挤满了人。

阿长偷偷的看见人群中走着自己的妻子。手反绑着,头颈上一个木架,背上一块白布,写着许多字。七八个背枪的警察簇拥着。一个人提着铜锣,不时敲着。

完了!一切都完了!

阿长的老婆显然已定了罪名!不是杀就是枪毙!

可怜呵,阿长的老婆!这样轻轻的年纪!

阿长昏晕了……

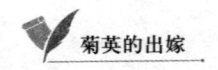

待他醒来，太阳已经下了山，黑暗渐渐罩住了易家村。

这时正有两个人提着灯笼，谈着话急促地走过。阿长只听见一句活：

"解到县里去了！"

阿长不想再回到家里去，虽然那里还藏着许多秘密的东西，这显然是不可能的事了。而且，即使可能，他也不愿再见那伤心的房子。他决计当夜离开易家村了。

他的心虽然震荡着，但他的脑子还依旧。他相信大地上还有他可以过活的地方。

"说不定，"他想，"别的地方更好！"

他的心是很容易安定的。新的希望又生长在他的脑内。

在朦胧的夜色中，他赤手空拳的出发了……

阿长，阿长！

阿长！阿长！！！

第 八 章

尾声

阿长离开易家村是在民国……年，三十……岁，至今将近十年了。

关于他,没有什么消息,在这冗长的年月中。

新的更好的地方应该有的罢,找到它,在阿长总是可能的罢——

给阿长祝福!